女人謙信

篠綾子
Shino Ayako

文芸社文庫

目次

一章　毘沙門天

一

――我こそは毘沙門天《びしゃもんてん》なり。

甲冑を身にまとった仏神は、おごそかに宣言した。

辺りには、白い霧か霞のようなものが立ちこめ、絶えず風によって右から左へ吹き流されてゆく。

そこがどこなのか判別もつかないが、少なくとも地上のようではなかった。仏神の暮らす天上の世界、それは須弥山《しゅみせん》というのだったか。そう言われたとしても、そのまま信じることができただろう。

――『大唐西域記《だいとうさいいきき》』巻十二、瞿薩旦那《くすたな》国を読め。

毘沙門天を名乗る仏神がおもむろに命じた。声は高くも低くもないが、深みのある、それでいて何とも言えぬ神々しさをそなえている。

「はい――」

逆らうことなど、頭の片端にも浮かばず、虎御前《とらごぜん》は平伏した。

すると、みるみるうちに白い霧か霞が深くなってゆき、やがて、毘沙門天の姿も見えなくなった。

「お待ちください、今一度、お姿を――」

思わず虎御前は毘沙門天の衣の裾をつかもうとしたが、手は空をつかむばかりである。

気がつくと、辺りはいつの間にか薄暗くなっていた。白かった霧が墨色に転じ、さらに黒さを増してゆくようだ。

どこからか、遠雷の音が聞こえてくる。

（あっ、ここはまぎれもない天上界、須弥山なのだ）

霧か霞と思われたものは、雲だったのか。

そして、今、それは雷雲となり、凄まじい雷光でもって地を切り裂こうとしている。

はっと思った時、足下が突然崩れ、次の瞬間には恐ろしい勢いで落下してゆく感覚に見舞われた。

「ああっ――」

夢中でもがいていると、黒雲の向こうから、先ほどのおごそかな声が聞こえてきた。

「我、そなたの腹を借りて、世に生まれ出でん。世の守護神たるべし」

恐ろしさに固く閉じていた目を、思わず見開くと、視界の端に黄金の閃光が走った。

続けて、脳天を貫くような激しい衝撃と、耳許で劈《つんざ》くように鳴り響く雷鳴の音――。

その瞬間、恐怖は嘘のように消え失せていた。

虎御前はすべてを運命に委ねるように、全身の力を抜いた――。


享禄《きょうろく》二（一五二九）年六月――。

暦の上では夏も終わりかけており、吹き抜けてゆく風にも秋の気配が感じられる。

山林の木陰に入れば、涼しいとさえ感じられる季節だが、石段を登って行けば、さすがに汗ばんでくる。

六歳の綾《あや》は汗ですべりそうになる母の手を、ぎゅっと握り直した。

すると、母の方でもそれに気づいたのだろう。石段を登る足をいったん止めて、綾の顔をじっと見下ろしながら、

「疲れましたか」

と、虎御前は優しげに尋ねた。

「いいえ、母上さまこそ」

綾は大きくかぶりを振り、母を見上げる。

母は綾を見下ろし、温かな笑みを浮かべた。

まだ目立たないが、母のお腹には、綾の弟か妹が宿っている。

子ができたと分かってから、母の表情は観音さまのように見えると、綾は思う。

お腹の子が男の子の時、妊婦の顔はきつくなるものだと、侍女たちが話していた。

だから、

(生まれてくるのは妹だ)

と、綾は確信した。

(妹でよかった)

とも思った。

兄姉たちは大勢いるが、皆、母が異なる。その姉たちはすでに他家へ嫁いでおり、兄たちはあまり綾をかまってくれない。

人形遊びもしてくれないし、一緒に手習いもできなければ、楽器の演奏もできない。

そもそも、兄たちは武芸の稽古には熱心でも、和歌や音楽に打ち込むことはなかった。

だから、弟が生まれたとしても、きっと手習いや音楽はおろそかにして、弓矢や剣ばかり好むようになるだろう。それでは、綾にとっては少しも楽しくない。

だが、妹ならば違う。

（妹が生まれたら、わたしがお琴を教えてあげよう。もし、その子がお琴でなく、琵琶を弾きたいと言ったら、琵琶を教えてあげるんだ。それから、一緒に手習いもするし、お針も教えてあげよう）

綾は期待に胸を膨らませていた。

ところが、そうした綾の願いを聞くなり、父の長尾為景《ためかげ》は、綾の頭に大きな手を載せて笑った。

「残念だったな、綾。今度生まれてくるのは、力強く賢い男子だ」

と、為景は言う。

「どうして――。どうして、男の子だと分かるの」

綾は父を見上げ、それから母を見上げた。

柔和な面差しの母は、その時も微笑をたたえていたが、父の言葉を否定することはなかった。

母は穏やかで慎ましい。同時に、父に負けぬ聡明さの持ち主である。正すべきところは、相手が誰であろうと正す、というような厳しさと強さをも兼ね備えていた。だから、母が反論しないということは、父と同意見ということなのだ。その母は綾の小さな手を取ると、それをそのまま自分の帯の上へ持ってゆき、

「ここにはね、毘沙門天さまがいらっしゃるのよ」

と、誇らしげに告げた。

「びしゃもんてんさま――」

綾は母の口から漏れた言葉を、そのままくり返しながら、何やら恐ろしげな言葉を口にしてしまったような心地にさせられていた。

「毘沙門天さまとは、聖なる山である須弥山を守る神さまのお一人なの。仏法と仏教徒の守護神であり、戦いの神さまでもあるのよ」

不安そうな表情の綾に、母が教えてくれた。

「その毘沙門天さまが、どうして母上さまのお腹に――?」

「母が夢を見たのです。毘沙門天さまが現れておっしゃいました。『我、そなたの腹を借りて、世に生まれ出でん』と――。この越後の守護神になってくださるそうです」

「さもあろう。なればこそ、腹の子は男子に決まっておる」

母の言葉に続けて、父が嬉しそうに断言した。

確かに、戦いの神であれば、男神なのだろう。その化身であれば、男子として生まれてくるのも当然のことである。

「長尾家の跡継ぎは言うまでもなく、嫡男の晴景《はるかげ》であるが、あれもわしの目からすれば、少々心許ない。景房《かげふさ》、景康《かげやす》も兄を支えるほどの力量は持たぬ。わし亡き後の長尾家のことを思うと、先が案じられていたが……」

父はそう言ってから、母を頼もしげな目で見つめた。

「虎御前が強き男子を産んでくれれば、まずは一安心よ」

晴景、景房、景康は皆、虎御前の産んだ子ではない。

虎御前は長尾為景の後室である。その虎御前が最初に産んだのが綾で、次に身ごもったのが今、お腹にいる子である。

もしかしたら、父は綾が生まれた時も男子であることを願っていたのではないか。

そう思うと、綾は少しばかり寂しい気持ちになった。

それでも、父が喜んでいるのを見るのは、綾としても嬉しい。信心深い母もまた、毘沙門天が夢の中に現れてくださったことを、ありがたく思っているようだ。

（どうせ、母上さまのお腹に宿るのであれば、観音菩薩さまならよかったのに……）

母が日夜拝んでいる観音菩薩像は、綾も見慣れている。慈悲深い面差しは女性のようであった。

あの観音菩薩の化身というのなら、生まれてくるのも女子だったのだろうが……。

母の虎御前の信心深さは、身ごもる前も後も同じである。毎朝毎晩、小さな観音菩薩像に手を合わせ、経を唱えている。

春日山城下の名刹林泉寺《りんせんじ》へ、綾を伴って行き、お布施をすることもあった。

また、春日山にある春日神社への参詣も欠かさなかった。

春日神社は天徳《てんとく》二（九五八）年に、春日山の山頂に創建されたという古い神社だが、城が築かれた時、城の鬼門の位置に移築されている。

身ごもってからは石段が危険だというので、侍女たちは代参を申し出たが、

「石段を登れなくなるまでは、せめて自分の足で参り、ご加護を得たい」

と、母は言い張った。

そして、六月も終わりかけたこの日も、母は綾を連れて、春日神社へお参りに出かけた。

幼い綾の歩調に合わせて歩くので、危険なことはまずなかったが、心配そうな顔をした侍女たちが三人、二人の後から付いて来ている。

「さあ、もう少しです。参りましょうか」

石段の途中で足を止めた母が、綾の手を握り返して言った。

「はい」

綾はうなずき、再び石段を登り始めた。

「母上さまは、生まれてくる子の無事を祈るのですか」

綾は足下から目を離さぬまま、傍らを行く母に尋ねた。神社へお参りに行くのは、この時が最初ではなかったが、これまで母が何を祈っているのか、尋ねたことはない。

知りたいとも思わなかった。

「それもありますが、それよりも先に祈らなければならないことがあります」

母は立ち止まることなく、石段を登り続けながら、きっぱりとした口調で言った。

「越後の民が平らかでありますように、と――」

その答えに、綾は少しばかり驚いた。

それは、我が子の無事な誕生よりも優先されることなのだろうか。だが、そんな綾に向かって、母はゆっくりと語り聞かせた。

「民が平らかになるためには、戦《いくさ》が終わらなければなりませぬ。越後国から戦がなくなりますようにと、母はいつもお祈りしています」

母が落ち着いた口ぶりで言い終えた時、石段は消えていた。

目の前には大きな朱の鳥居がある。

「綾も、神さまの御前では、まずそのことをお祈りしなさい」

毅然とした口ぶりで、母は言った。

「はい――」

綾はしっかりとうなずいた。

春日山城の城主の娘と生まれ、否やと言うことは許されない。

どこか犯《おか》しがたいようにさえ見える母の威厳が、そのことを綾に自覚させた。

しかし、綾の返事を聞き終えると、母はいつものの優しげな母に戻っていた。

「そのお祈りが終わったら、綾がお願いしたいことを、神さまに申し上げてもよいのですよ」

母は言い、それが何か、訊こうとはしなかった。

綾はこれまで神社に参っても、母の真似をして手を合わせていただけで、自分の願い事を胸に唱えたことはない。

ただ、弟か妹が生まれると知り、その無事をお祈りするべきなのだと、漠然と思ってはいた。

しかし、今の母とのやり取りで、綾の気持ちは変わっていた。

母は、綾が願うことを祈ってよいと言った。

(わたしはやっぱり妹がほしい)

綾は母の言いつけを守り、越後の民の平安と、戦の終わることを祈った。

それから付け加えた。

(どうか、わたしに妹ができますように——)

息をつめて祈り、目を開けた時、鼻先を風が吹き抜けていった。それで綾は思い出したように、大きく呼吸をした。

ふと横を見ると、なお両手を合わせ続ける母の白い横顔があった。

二

翌享禄三年が明けて間もない一月二十一日、越後春日山城主長尾為景の妻虎御前は、綾に続く第二子を出産した。

その時、綾は父と共に座敷にいた。

何とも言えぬ緊張感が城中に漂っており、いつになく寡黙な父の横顔も、どこか気軽には話しかけられぬ雰囲気があった。

やがて、申《さる》の刻にもなった頃だろうか。

春とはいえ、山中にはまだ雪の残る時節では、日の暮れる時刻も早い。外はうっすらと暮れ始めていた。

「奥方さまの許《もと》より参りましたっ！」

侍女が息せききってやって来た。

「生まれたのだな」

それまで一言も発しなかった為景が、すかさず問うた。

「は、はい――」

「男か。男子であろうな」

　畳み掛けるように、為景が問う。まるで合戦にでも臨むような雰囲気だった。侍女ばかりでなく、綾も緊張した。

「は、それが、その……」

　侍女は為景から視線をそらし、うつむいて、はっきりとした返事をしない。

「どちらなのか。はっきり申せ」

「姫君さまにございます」

　侍女の口から、今度ははっきりとした返事が聞かれた。

「なに、女だと――」

　腹をくくったのか、侍女は顔を上げ、正面から為景を見据えると、

「生まれたばかりとは思えぬほど、凜々しいお顔立ちをしておられます。行末はたいそう美しく、頼もしくおなりでございましょう」

と、しっかりとした声で言った。

「女子《おなご》の何が頼もしいものか」

　為景はそう言い放つと、立ち上がった。全身から怒りの炎が噴き上げているようだ。

　綾は幼いながら、何とかせねばと焦った。

「父上さま。母上さまの所へお行きになるのなら、私も――」

　そう言って、綾も立ち上がる。すでに歩き出していた為景の後《うし》ろに続こうとすると、

「来るな」

という父の激しい怒号が続いた。

綾はびくりとして立ち止まった。これまで父からこのような声を浴びせられたことはない。

綾が女と生まれたことに、内心では不満を持っていたのかもしれないが、少なくともそうした落胆や憤りを、父が綾自身に向けたことはなかったのだ。

「そなたは虎御前の許へ戻れ」

為景は振り返らずに言った。侍女に向かって告げたのだろう。

それは、為景自身は虎御前をいたわりに行くつもりも、生まれた赤子の顔を見に行くつもりもないという意思表示であった。

「あ、あの、お子さまのお名前は――」

侍女が取りすがるように尋ねた。

もちろん、今ここで名をつけねばならぬことはないが、生まれたのが予想に反して女子だったため、侍女としては心配になったのかもしれない。もし為景に名づけるつもりがないのであれば、そのことを虎御前に告げなければならない。

為景はしばらく沈黙していた。それから、

「虎千代《とらちよ》――」

と、呟くように言った。

「えっ……」

侍女が聞き違えたかというように、為景の口許を見上げている。

(虎千代だなんて、男の子の名前だ……)

そうは思ったが、綾はそれを口に出すことはできなかった。

「名は虎千代だ。よいな」

決め付けるように言うと、為景はそのまま侍女と綾を置き去りにして、座敷を飛び出して行った。向かったのは産所となった奥の居室ではなく、表座敷の方である。

「それでは、綾姫さま。私はこれにて」

侍女は悄然とした様子で去って行こうとした。

「待って。わたしは母上さまの所へ行きたい」

綾はきっぱりとした口ぶりで言った。

侍女の方も即座にうなずいた。

「かしこまりました。お連れいたします。妹姫さまにお会いしてくださいませ」

「父上さまはどうしてああもお怒りなのか。わたしは妹でうれしいのに……」

綾は不服そうに唇を尖らせて言う。

「そうおっしゃっていただいて、妹姫さまもさぞお喜びでいらっしゃいましょう」

侍女はそこまで言った後、声をつまらせると、

「それに、虎御前さまも——」

と、つらそうに続けた。その声が少し涙ぐんで聞こえる。

それから、綾はその侍女に連れられて、城の奥へ向かった。長い廊下を二回ほど曲がって、ようやく産所となった部屋へ着いた。

母と赤子がいる部屋の隣の座敷で待つように、綾は言われた。侍女だけがまずは部屋へ入って行く。

しばらく待たされた後、ようやく、先ほどの侍女が戻って来て、綾を母の許へ通してくれた。

「母上さま」

綾は横たわっている母の枕許へ寄った。

その母の傍らには、産着にくるまれた赤子が眠っていた。赤子の顔もよく見たかったが、綾の視線は母の顔の方にひきつけられた。

「母上さま、お泣きになっているの」

母の目は潤んでいた。瞬きをすれば、今にも涙が零れ落ちそうであった。

「父上さまがお越しにならないから——？　女子が生まれたことを、父上さまが怒っていらっしゃるからですか」

母は何も言わなかった。だが、答えは分かっている。

父が母を泣かせ、新たに生まれた命を無視しているのだ。

綾は改めて母の傍らの妹の顔を見た。目をつぶっているせいか、侍女が言うほど凛々しい顔立ちとは見えなかったが、きりりと結ばれた口許はなかなか頼もしく見えた。その口許が急にぽかりと開いた。小さくてもしっかりと呼吸しているのだ。

綾は急に赤子がいとおしくなった。

「父上さまは、この子に虎千代と名づけました」

綾は母に言った。

とんでもないことだと、母に同意してもらいたかった。そして、その名を撤回させ、女子らしい別の名前を母につけてもらいたかった。だが、母は、

「聞きました」

と、落ち着いた声で言うばかりであった。

「まさか、本当に虎千代になってしまうのですか」

綾は不安になって尋ねた。

「父上がお決めになったことですから――」

母は悲しげに言うが、あえて逆らうつもりはないらしい。

「この子がかわいそうです」

綾は言った。

「名前が男子のものか、女子のものかなんぞは、大した問題ではないと、わたくしは思います。ただ、この子がこの子らしく生きられるのであれば――」

母は言い、掛け布団の中から手を出すと、それを赤子の方に差し向けながら言った。

「のう、虎千代。それに、綾」

母は赤子に虎千代と呼びかけながら、その頭を撫ぜた。そして、眼差を赤子に注いだまま、綾の名をも呼んだ。

「女子と生まれたことは、さほどにつまらぬことでしょうか」

母はそう続けた。その言葉は、虎千代と綾の二人に向かって言われているようだ。

「父上があああもお怒りになられるほど、甲斐なきことなのか。わたくしにはそうは思えぬのです。ですから、綾よ。この子と一緒に、その答えを出しておくれ。女子と生まれたそなたたちなればこそ、このようなことを頼むのじゃ」

母の眼差がようやく赤子から綾の方に戻ってきた。

「母上さま」

綾は母の手にすがりついた。

「こちらへ――」

母は綾に赤子の近くへ寄るように手招いた。

綾は母の枕許を回って、赤子の傍へ寄った。母は上半身を起こすと、綾の手を取り、赤子の手に触らせた。

初めて触れる赤子の手は熱く、この世のものとも思えぬほど柔らかく頼りなかった。綾はどうしても力を入れて、赤子の手を握ることができなかった。

「二人とも、この母に示しておくれ。この世に女子と生まれることは、決してつまらぬことではないと――」

「母上さま――」

綾は自分でもどういうわけか、よく分からなかったが、涙があふれてくるのを止められなかった。

母は綾からも赤子からも目をそらし、ただ肩だけを震わせていた。

三

生まれた子は虎千代と呼ばれるようになった。

娘に虎千代という名をつけた為景は、虎千代を男として育てるよう、妻に厳命した。それは、男子を産まなかった虎御前への腹いせのようにも思われたが、虎御前は逆らわなかった。

やがて、虎千代が七歳になったある日のこと——。

虎御前の居室にやって来た為景は、その場にいた虎千代に、

「そなたは城下の林泉寺へ参り、修行に励むように——」

と、一方的に命じた。

「母上や姉上のお傍で暮らせなくなるのですか」

虎千代は目を見張り、父の顔を見上げて訊き返した。

「ええい、軟弱なことを言いおって。お前はそれでも毘沙門天の申し子か」

為景は不機嫌に言い放ち、傍らにいた母の虎御前は静かに目を伏せた。

「よいか。寺へ参って心を鍛錬し、この越後の守護神たるべき武将となれ。それができねば僧侶となり、越後と長尾家のために祈願せよ。それ以外の道など、お前にはないっ！」

為景は不機嫌そうに言い捨てると、虎千代の返事も待たず、部屋を出て行こうとする。傍らで話を聞いていた綾が目を剥《む》いて、口を開いた。

「お待ちください、父上。林泉寺は尼寺ではありませぬ。虎千代は……」

女子ですのに——と言いかける綾の袖を、虎御前が引いた。城内には虎千代が女子だと知る者もいるが、城へ出入りする家臣たちのほとんどは、虎千代を男子だと思っている。

虎千代におかしな噂の立つことを恐れ、綾も口をつぐんだ。それでも、為景が行ってしまってから、黙っていられないといった様子で、

「父上はいつも虎千代に厳しく当たられる。そもそも、虎千代が軟弱だと叱られることがおかしいのに……」

と、憤懣をこめた口ぶりで言った。それに引き換え、虎千代の方はいつもと変わらない。

「そうおっしゃらないでください。わたしを庇《かば》えば、姉上が父上から嫌われてしまいます」

虎千代はむしろ姉を気遣《きづか》うように言うのだった。

姉の綾は父為景のお気に入りである。娘として愛される姉の姿を、いつも傍らで見ていながら、虎千代がそれを気にしている様子はない。

「そなた、わたくしを妬《ねた》ましいと思わないのですか。わたくしばかり父上にかわいがられ、こんなふうに色や柄の美しい小袖を着て――」

綾は薄紅色の地に、桃の花を織り込んだ小袖を、虎千代の方に示してさらに問う。

「そなたも、こんな小袖を着たいと思わないの」

「そんなこと、思ったこともありません」

虎千代は驚いた様子で、首を横に振った。柄のない鼠色の小袖に、濃い藍色の袴と

いう出で立ちをごく当然と思っているようだ。

「虎千代よ」

その時、それまで黙っていた虎御前が、初めて口を開いた。

「もしもそなたが綾のごとく、女子として生きたいのならば、この母が父上を説得いたしましょう。寺へ行くこともとりやめていただきます。そなたはどうしたいですか」

虎御前の眼差には、刃を突きつけるような真剣さがあった。母は命を擲《なげう》つ覚悟で、父に要求を突きつけるのではあるまいか。虎千代は居住まいを正すと、母の前に手をついて答えた。

「私は寺へ参ります。寺で修行をし、父上のお言葉の意味を深く考えてみます」

「そなたがそう申すのならば、そなたに従いましょう。綾ももう何も言わぬように――」

虎御前はきっぱりと言い、二人に下がるように伝えた。

二人はそれぞれ「はい」と答え、立ち上がったが、虎千代が先に出て行ってから、ふと綾は足を止め、母を振り返った。

「父上がどうして虎千代にはああも厳しいのに、わたくしのことはかわいがってくださるのでしょう」

「そなたのことは娘として、素直に愛せるからだと思いますよ」

だが、その言葉に、綾は初めて母に逆らった。

「わたくしはそうではないと思います。父上は私が女子として役に立ちそうだから、かわいがってくださるのではありませんか」

綾はそう言い捨てると、そのまま母の部屋を下がっていった。

娘が城主にとって役に立つのは、政略結婚の時である。それは十分承知していたし、綾としてもその運命を拒むつもりなどない。ただ、

(父上は、女子をつまらぬものとして見下しておられる)

と、綾は思っていた。だから、もう一人の娘を、男として育てさせるのだ。

虎千代が誕生した時、漠然と感じたその思いは、成長するにつれ、ますます強まってきた。

同時に、世の多くの男たちが為景と大差のない考えを抱いていることも、何となく察知されている。

(わたくしもまた、父上のような男に嫁がされる。そして、母上のように男子を産むことを強要される)

その宿命が逃れられぬものだとしても、それを素直に受け容れられるかどうか——

綾にはその自信が持てなくなりかけていた。

虎千代はそれから間もない天文《てんぶん》五（一五三六）年の春、春日山城下の林泉寺へ預けられた。

林泉寺の住職は、六代目天室光育《てんしつこういく》禅師という名僧である。

虎御前は虎千代が生まれた後、この天室禅師を招いて、ひそかに尋ねたことがあった。

「『大唐西域記』をお読みになったことはございますか」

この経典は古くから日本にも伝わっており、平安時代の終わりには奥州藤原氏の手で見事な写本が作られている。それは高野山に納められたというが、在俗の者がたやすく見ることが叶うものではなかった。だが、

「一通りは読んでおります」

と、天室禅師は静かな声で答えた。

「巻十二に、瞿薩旦那国について書かれていると聞きましたが……」

虎御前は膝を乗り出すようにして尋ねた。

「さよう」

「そこに書かれた毘沙門天についてのお話を、お教えいただけないでしょうか」

虎御前の唐突な問いかけに対し、天室禅師は記憶を整理するように沈黙した後、
淡々とした声で語り出した。

「瞿薩旦那国の王には跡継ぎの子がなく、王は子を授かるよう毘沙門天に祈りました」

「まあ、毘沙門天は子授けの神だったのですか」

虎御前は目を見張った。

「瞿薩旦那国ではそのようですな。すると、毘沙門天の額が割れて、子を授かったのです」

もう虎御前は口を挟まない。天室禅師は淡々と語り続けた。

毘沙門天から授かった子は、乳を飲もうとしなかったという。そこで、王が再び毘沙門天に祈りを捧げると、大地が膨らんで乳があふれ出し、子はその乳を飲んで成長した。

この話では、毘沙門天は子授け、子育てを司る女神のような存在ではないか。

「確か、毘沙門天は戦いの神だと聞いておりますが……」

怪訝《けげん》な表情の虎御前に、天室禅師はうなずいた。

「神や仏の伝承は、土地によって異なることがございますからな」

天室禅師はそれ以上のことは言わず、虎御前もそれ以上のことは尋ねなかった。

このやり取りがあって後、虎御前は天室禅師を深く信頼するようになった。

曹洞宗林泉寺は春日山の北の麓にある。

林泉寺は長尾氏の庇護を受けて、境内も広く、堂宇なども立派であった。虎千代はこの寺に僧侶の見習いとして預けられており、寺の僧や小僧たちは皆、虎千代を城主為景の息子と思っている。

寺には大きな渋柿の木があった。

「秋には実がいっぱいなりますよ。干柿《ほしがき》にして保存し、近在の者たちに配ります」

若い僧の一人が教えてくれた。

さすがに去年の干柿は冬の間に食べ尽くしてしまったそうだが、今年もまた作るので、楽しみにしているといいと、虎千代は言われた。

「その時は、母上や姉上にも差し上げてかまいませんか」

特に、綾の好物が干柿だったことを思い出して、虎千代は尋ねた。

「もちろんです。虎千代殿は幼いながら、濃《こま》やかなお心遣いのできるお方ですね」

僧侶は感心した様子で言った。寺の僧侶たちは皆、虎千代が城主の子であると知るせいか、口の利き方なども丁重である。

だが、それは虎千代への遠慮であり、おのずと虎千代に居心地の悪いものを感じさせた。

虎千代は自然、一人でいることが多くなった。

寺へ預けられて十日もした頃、虎千代は柿の木の根方で、春日山の空を見つめていた。

「城へ帰りたくなったのか」

その時、虎千代の背後から、低く落ち着いた声がかけられた。虎千代は慌てて振り返った。

「住職さま」

背後に佇んでいたのは、住職の天室光育禅師であった。

齢《よわい》六十を超えたこの高僧は、厳しい修行に生きてきたことがおのずと分かるような風貌をしていた。体つきは病人と間違えられそうなほど痩せており、身に着けている僧衣は洗いざらしの麻である。顎の張った四角い顔は厳しく引き締まり、眼光は炯々《けいけい》としていた。

この天室禅師だけは虎千代を他の子供たちと区別することがない。

「いいえ、城に帰りたいとは思いません」

禅師は虎千代のきっぱりとした返事に、少し目を見張った。

「父上や母上が恋しくはないのか」

禅師の問いに、虎千代は、

「恋しくはございません」

と、かぶりを振って答えた。

「さようか」

それからしばらく、禅師は沈思するように目を閉じていたが、やがて、

「虎千代よ。この柿は何のためにここに在るのか、答えてみよ」

と、見開いた目を虎千代に向けて尋ねた。

「実をつけて人々の腹を満たします」

虎千代はすらすらと答えた。だが、禅師はうなずかず、

「他には――」

と、さらにうながす。虎千代は虚を衝《つ》かれたような顔を浮かべたが、少し考えてから、

「夏には枝葉を広げて、陽射しから私たちを遮ってくれます」

と、答えた。

「それだけか」

さらに、禅師が問う。虎千代は今度は困ったような表情になり、ややあってからうなずいた。

「柿の渋は防水や防腐の作用があり、紙に塗られたりする。柿の葉は茶にして飲めば体によい。また、柿のへたは乾燥させれば、咳止めなどの薬になる。昔から、医者要《い》

らずなどと申して、柿は大いに人々の役に立ってきたのじゃ」

「知りませんでした」

禅師の言葉に、虎千代は大きく目を見張って言った。

「虎千代はこの柿の木をどう思うか」

「見事だと思います。私もこの柿の木のように人々の役に立ちとうございます」

虎千代は間髪を入れずに答えた。その口ぶりがいつになく昂奮している。心から感動していることが、禅師にも伝わってきた。

「そなたはその幼さで、すでに慈悲の心を知っておる。それは仏道に帰依《きえ》する者に、なくてはならぬ資質じゃ。まことに善きことである。されど、人の役に立つために、そなたには何ができるのじゃ」

禅師のさらなる問いかけに、虎千代の表情から昂奮の色が徐々に冷めていった。ややあってから、

「私には……何もできません」

と、虎千代はうつむいて答えた。その様子をじっと見ていた禅師は、

「何も恥じ入ることはない。人は誰しも天命をもって生まれてくる。誰にでも生まれてきた意味はあるのじゃ」

と、諭すように言った。その言葉に、虎千代はぱっと顔を上げた。その顔が見違え

るくらい明るく輝いている。

「虎千代は己の天命を知っております」

誇らしげに虎千代は言った。

「ほう」

禅師の目がその時、鋭く瞬いた。

「して、それは何なのじゃ」

「虎千代は、毘沙門天の化身でございます」

虎千代はその話を、城内の侍女たちから聞かされており、さらに寺へ来る前に、父からも告げられていた。そして、幼い素直な心でそれを信じていた。

「毘沙門天とはいかなる神か」

「仏法の守護神でございます。また、戦の神でもございます」

「では、この世に戦を求めるというのじゃな」

「いいえ――」

虎千代はきっぱりと首を横に振った。

「戦は世の人を苦しめます。戦はなくさねばならぬと存じます」

「なれば、毘沙門天が世に在る意味はあるまい」

「いいえ、毘沙門天は世に戦をなくすため、意に適《かな》った者に勝利をつかわすのだと思います。さすれば、戦はなくなります」

「その毘沙門天の意に適った者が、そなたじゃと申すのじゃな」

「はい――」

疑いのない口ぶりで言い終えた時、虎千代の表情ははっと強張《こわば》った。禅師の表情が打って変わったように、厳格なものとなっている。

「そなたの申す天命とは、そなた自身が見出したものではなかろう」

禅師の口ぶりは重々しかった。

「私が生まれる前に、母上が夢で御覧になったと聞いて――」

虎千代の声が小さくなっている。

「無論、その夢が意味のないものだとは言わぬ。されど、天命とは人から教えられて知るものではなく、己自身で知るものじゃ」

「己自身で――」

「そなたはこの寺へ来て、座禅を行ったであろう。座禅とは己自身と向き合うためにするものじゃ」

「はい」

「己の天命が何か、その答えは学び続け、己自身に問い続けることで見えてこよう。焦らぬことじゃ。儒学の祖の孔子でさえ、五十にして天命を知ると言っておられる」

「五十歳――」

それは、途方もなく遠い未来のように、虎千代には思われたが、天室禅師は六十歳を超えている。ならば、すでに天命を知っているのか。

そんな虎千代の心の動きに気づいたかのように、禅師は言った。

「孔子に遠くおよばぬわしは、まだ天命を知らぬ。されど、虎千代よ。人は学ばずには生きられぬ者じゃ。学び続け、問い続けることをやめなければ、答えはおのずと得られよう。何より、学び続け、問い続ける姿勢こそが大事なることじゃ」

禅師の声からは厳しさが失《う》せていた。

「はい。私は学び続け、問い続けることにいたします」

虎千代は賢《さか》しげにうなずいた。禅師の言葉をどこまで理解したかは分からない。その屈託のない素直な幼さに、禅師の表情は和《やわ》らいだ。

「虎千代よ。そなたは御館さまの姫であり、毘沙門天の申し子として牛まれた」

禅師の眼差が虎千代を包み込むように注がれている。

虎千代は瞳に強い光を浮かべ、食い入るように禅師の顔を見つめていた。

「時には悩むこともあろう。ただし、覚えておかれよ。この世には確かに、男女の別や身分の別が厳然として存在する。されど、御仏がお救いにならぬ者はないということを――。そのことを決して疑わず、倦《う》まず弛《たゆ》まず天命を求め続けなされ」

「はい――」

虎千代は口許を引き締め、しっかりとうなずいた。その瞳は、禅師の言葉を完全に理解しているかのように、明るく澄みきっていた。

四

虎千代が林泉寺へ預けられて半年が経った。その間、虎千代は一度も城へ帰らなかったし、帰りたいとも言い出さなかった。

「さすがは御館さまのお子じゃ。幼いのにしっかりしておられる」

寺の僧侶たちや、城から虎千代の様子を見に来た家臣たちは、そう言い合った。

城から母や姉の綾が訪ねて来ることはなかったが、半年後の秋、綾が初めて林泉寺へやって来た。

「姉上っ！」

さすがになつかしく、虎千代は綾に飛びついていった。

「虎千代殿、また、背が伸びましたね」

綾は虎千代の頭に手を置いて、嬉しげに言った。

虎千代は寺の稚児姿をしている。小袖に袴を穿いて、髪は上の方で一つに結わえていた。

虎千代の目に、七つ違いの姉は半年の間にずいぶん大人びたように感じられた。虎千代が城にいた時は化粧などもしていなかったように思うが、今日は外出だからなのか、うっすらと化粧もしているようだ。

「ずいぶん大きな柿の木ですね」

綾が庫裏《くり》の脇に立つ柿の木を見て、感心したように呟く。まだ青みがかった実がたわわになっていた。

「渋柿ですが、皮をむいて干柿にするそうです。味もよく、体にもよいそうですから、姉上にもお届けいたします」

虎千代がすかさず言った。

「そうですか。それは楽しみだこと」

綾は言い、それからふっと表情を曇らせると、

「でも、それは今年限りのことね」

と、独り言のように呟いた。

「どうしてですか」

綾の言葉を耳聡く聞きつけて、虎千代は尋ねた。

「わたくしは嫁ぐことになったのです」

「えっ――」

とっさに次の言葉が出て来なかった。ただ一人、母を同じくするこの姉は、なぜかずっと春日山城に、虎千代の傍にいるように錯覚されていた。

しかし、年頃になった姉が誰かの許へ嫁ぐのは当然である。

「城下の人ではないのですか」

祝いの言葉を述べることさえ忘れて、虎千代は尋ねた。春日山城下に暮らす家臣の家に嫁ぐのであれば、これからも会いたい時に会うことができる。

この半年の間、姉に会えないことを格別寂しいとは思わなかったくせに、いざ姉に会えなくなるかもしれぬと思うと、胸が引き絞られるように悲しくなるのであった。

「上田の長尾政景《まさかげ》さまというお方のところです」

綾は夫となる男の名を明かした。これといって感情がこもっていないのは、綾自身も相手の男をくわしく知らないからだろう。

「上田の長尾……」

同じ一族である。

越後の長尾氏は代々、守護代の職に就いてきたが、その家門は三つに分かれていた。上田長尾家と古志《こし》長尾家と三条長尾家である。そのうち、三条長尾家が守護代職を継承してきたため、三条長尾家のことを府中長尾家とも呼んだ。

綾と虎千代の父為景は、この府中長尾家の当主であり、母の虎御前は古志長尾家の出身である。そして、綾は上田長尾家に嫁ぐことになった。

三家に分かれている長尾氏が、分裂しないようにという為景の方針であろう。

いずれにしても、上田長尾家へ嫁ぐのであれば、敵国へ行くわけでもないし、それほど遠いわけでもない。嫁いだ後、生き別れになることもないだろう。

しかし、そうは言っても、やはり綾が嫁いでしまうのは寂しかった。

「今日はそなたを連れて行きたいところがあるの」

気を取り直すように、綾が言った。

「それほど遠くではないから、住職さまのお許しをいただけるかしら」

綾がそう言うので、虎千代は綾を天室禅師の許へ案内した。そして、許しを得ると、綾はどこへ行くとも言わず、虎千代の手を引いて寺の境内を出た。侍女が二人ほど後を付いて来るが、綾に言われているのか、少し距離を置いて従って来るようだ。

綾が向かうのは春日山であった。

「城へ戻るのですか」

大手門へ続く道に差し掛かった時、虎千代は尋ねた。

「いいえ」

綾はかぶりを振る。

「では、どこですか」

「黙って付いて来ればよいのです。それとも疲れたのですか」

綾は虎千代の顔をじっと見下ろすと、

「わたくしが背負ってあげましょうか」

からかうように言う。

「私はそんな幼子ではありません」

虎千代は不平そうな声で答えた。

「寺では、他の皆と共に、武芸を学んでもいるのです」

今の時代、僧たちも武装しなければ、寺を守ることができない。そこで、僧兵を置く寺もあったが、そうでなくとも、自衛のため、僧たちが多少の武芸は身につけるのがふつうであった。

「そう――」

綾は気のなさそうな返事をした。

「まだ本物は持たせてもらえませんが、刀の使い方や槍の使い方も習っています」

「女子は薙刀《なぎなた》の扱いを覚えるものですよ」

「薙刀を扱う法師さまもおられますが、実戦向きではないと聞きました」

「わたくしはそなたが女子だと言っているのよ」

綾は腹立たしげな声で言うと、前を向いたまま、虎千代の手を強く引いた。そして、断りもせずに速度を速めた。

「そなたは仏門に入るのでしょう。されば、尼僧となるのです。尼が刀や槍を振るうなど、聞いたこともありません」

綾はなおも前を向いて歩き続けながら、強い口ぶりで言う。

虎千代が男の形《なり》をしていることも、男のように育てられていることも、綾には不満なのだ。そのことで、綾が父に非難の目を向けていたことも、虎千代は知っていた。

虎千代は姉の言葉に逆らわず、黙って姉に手を引かれ歩き続けた。

綾もまた、それ以上は何も言わず、無言で歩き続けて行く。やがて、大手門へと続く道を、綾は途中で左に折れた。なおも、急な上り坂を行き、途中から石段を登り始めた。

これが山頂の春日神社へ続く道であると、途中で虎千代も気づいた。

途中で足の速度はゆるめたものの、登りはかなりきつい。それでも、綾も虎千代も息を切らしながら、休むことなく神社の鳥居まで歩き続けた。

そして、鳥居をくぐった時、綾はようやく足を止めた。

「そなたが生まれる前――」

息を整えてから、綾は続けて言う。

「母上はわたくしを連れて、ここへお参りに来られたのです」

綾はその時、越後の民の平穏を祈った後、自身の願いを祈ってよいと言われ、妹がほしいと祈ったことを、初めて虎千代に告白した。

「こんなことになるのなら、わたくしはあんなお願いをしなければよかったと悔やんでおります。そなたは男に生まれてきた方が幸せだった……」

うな垂れて呟く姉の姿は、虎千代の目にも心底から後悔しているように見えた。

「私が女子に生まれたのは、姉上のせいではありません」

虎千代はむしろ姉を慰めるように言った。

「でも、女子に生まれたせいで、そなたは父上に疎まれている。わたくしはそなたが不憫でならぬのです」

虎千代は、自分の右手を握り続けている綾の左手に、自らの左手を添え、綾をじっと見上げた。

「師はおっしゃいました。この世に男女や身分の別はあるが、御仏はすべての人をお救いくださる、と――。自分が何のために生まれたのか、その天命を見つけよという師のお言葉に、私は従います」

虎千代がはきはきとした口ぶりで言うのを、綾はあっけに取られた様子で見守っていた。

城にいた頃から、どこか年齢よりも大人びた様子の妹であった。時には同い年くらいの子供と話をしているのではないかと錯覚したこともある。

だが、林泉寺へ預けられて、虎千代のそうした資質はさらに伸ばされたようであった。虎千代の聡明さに気づいた天室禅師が、そのように扱ったせいかもしれない。

「そなたの言葉を聞いていると、まるで物事をわきまえた老人と話をしているような気分になる」

綾はしょうことなしに苦笑して言った。

「前にも尋ねたが、そなた、まことにわたくしをうらやましいと思いませんか。わたくしのように、きれいな小袖を着たり、化粧をしたり、結婚したいと思いませんか」

「そのようなこと、本当に考えたこともありません」

虎千代は曇りのない瞳を、綾にまっすぐに向けて答えた。

「さようか。そなたはわたくしが思うほど不憫ではないのかもしれぬ。男のように育てられたそなたと、父上の道具として嫁がされるわたくしと、どちらが不憫かは分からぬもの――」

自分自身に言い聞かせるように言い、綾は林泉寺でそうしたように、空いている右手で再び虎千代の頭を撫ぜた。

「虎千代よ。これから先、何があっても、わたくしだけはそなたの味方じゃ。長尾家がどうなろうと、父上が何をなさろうと、わたくしだけはそなたの味方であることを、どうか忘れないでおくれ」

「姉上――」

綾の手を握る虎千代の両手に、それまでにない力がこもった。母の虎御前に対しても、めったに甘えることのない虎千代が、この時だけは自分に甘えたがっていると、綾は感じた。綾は虎千代の頭をかき抱き、幾度もその髪を撫ぜた。

「姉上が嫁いでしまわれた後も、姉上から教えていただいた和歌や琵琶の稽古を、私は続けます」

綾の胸に顔を埋めたまま言う虎千代の声は、いつになくくぐもっていた。

二章　天地動く

一

　虎千代が林泉寺へ預けられ、綾が長尾政景と婚約した同じ天文五（一五三六）年八月、当主の為景は家督を嫡男の晴景に譲った。

　その上で、なお晴景の後見人として実権を振るっていた為景は、それから間もない十二月二十四日、春日山城内で急死した。

　虎千代は林泉寺でその報を、天室光育禅師から聞いた。

「どういうことですか。戦に出られたとも聞いておりませんのに……」

　虎千代は顔色を蒼ざめさせた。

「春日山城で急にお倒れになられたそうじゃ」

と、禅師は答えた。禅師にしてもくわしいことは聞いていないようだった。

　特に病に臥せっていたわけでもない人間が急死した場合、毒殺や暗殺が疑われる。城主というような立場の者であれば、その可能性は皆無ではなかった。

大して愛情を注がれたわけでもなく、いつも遠い存在だった父親は、虎千代の目には野心にあふれた逞しい武将と見えていた。その父親が暗殺されたり、病に負けたりする姿は、想像できない。

父が死ぬ時はきっと戦場においてだろうと、漠然とした予感があった。

だが、そうはならなかった。父はあまりにもあっけなく逝ってしまった。

虎千代に男の名をつけ、男として育てた挙句、寺へ追いやったまま——。

(私はこのまま、男として生き続けねばならないのですか)

いつの日か、問うことになるはずの虎千代の疑問に、答えることもなく——。

父を亡くしたことへの悲しみや喪失感は、ほとんど湧かなかった。ただ、虎千代は茫然としていた。

「とにかく、城へ戻る用意をされたがよかろう」

禅師が虎千代に勧めた。

「はい——」

うなずく虎千代の脳裡に、母と姉の顔が浮かんだ。

綾は婚約しただけで、まだ正式に嫁いでいない。婚約後に実力者の父を喪ったということが、娘の婚儀に差し支《つか》えてくるというのはめずらしい話ではなかった。

それから、すぐにも立って行こうとする虎千代を、

「少し待つがよい」

と、禅師は引き留めた。

「城内はたいそう混乱しておるそうじゃ。そなたを迎えに参った家臣の者が、身に着けるようにと鎧を持参してまいった」

と続けて言う。

「入ってまいられよ」

前もって打ち合わせてあったのだろう。禅師が隣室に続く襖へ向かって声を張り上げると、その襖がするりと開いて、鎧姿の武者が二人現れた。その傍らには、小さな鎧が一領置かれている。虎千代に身に着けよというのは、その鎧であった。

「どうして――」

思わず、虎千代の口から言葉が漏れた。

「若君――」

三十ばかりに見える小柄な武者は、虎千代をそう呼んだ。

「これからただちに戦《いくさ》が始まるというわけではありませぬ。城内はすでに御館さまとなられた晴景さまを中心にまとまっております。されど、これまで先の御館さまのお力で押さえつけられていた近隣の豪族どもが、いつ叛旗を翻し、春日山城へ攻め入るやもしれず、万一の時の用意を怠るなとの御館さまのお指図でございます」

武者は虎千代にそう説明し、小さな鎧を押し出した。虎千代専用の鎧など、城に前もって用意されているはずがない。それは、晴景ら兄たちの誰かが昔、使っていた鎧なのだろう。

「鎧の着け方が分かりますか」

鎧に手を触れようとしない虎千代に、武者が問うた。

「いいえ、分かりませぬ」

虎千代が首を振ると、武者は、

「ならば、それがしが着けて差し上げまする」

と言った。

用意されてあったのは、軽装用の胴丸である。兜や鎧の袖は着けず、身軽に動くこともできる。小具足は脛当《すねあ》てと籠手《こて》が用意されており、腰から膝頭までを守る佩楯《はいだて》は略したと、武者は最初に断った。

「ただ今、お召しになっている小袖と袴の上に着けていただきます」

と、武者は言った。本来は下に着けるのだろうが、虎千代の体格よりも鎧が大きいためだろう。

まず、脛当てと籠手が着けられた。それぞれ紐で固定する。手ずから装着してくれるのは、その小柄な武者一人である。もう一人のもっと若い武者は、介添えをするのみだった。

「それがしは直江実綱《なおえさねつな》と申します」

虎千代に小具足を着せ付けながら、小柄な武者はそう名乗った。

直江という名には、虎千代も聞き覚えがあった。代々、長尾家に仕える重臣で、与板城の城主でもあるはずだ。

「以後、お見知り置きを――」

直江実綱はいったん手を止めて、謹直な口ぶりで言い、頭を下げた。それから、てきぱきと手際よく小具足を着け終えた。最後に胴を着けることになる。胴は横に開いて、体をその中へ入れ、肩から吊り下げられるようになっていた。

「いささか重うございますぞ」

肩に重みがかかる直前に、実綱は言った。その時だけ、その堅苦しく淡々とした口ぶりに、どこか優しい響きが混じった。

「平気です」

虎千代がきっぱりと言うと、実綱の口許がわずかにゆるんだ。

それから、虎千代の両肩にはずっしりと重みがのしかかってきた。虎千代はかろうじてよろめくのをこらえた。その様子を見た実綱は、

「それがしには、若君と同い年の娘がおりまするが……」

と、最後に言った。

「若君は大分に大人でいらっしゃる。我が娘には、若君を手本にさせたいものです」

虎千代を見る実綱の眼差には、初めにはなかった親しみがこもっていた。

「それでは、住職殿。若君を城へお連れいたしまする」

直江実綱はそれから天室禅師に向かって、頭を下げると、虎千代ともう一人の武者を促して、春日山城へと向かった。


禅師から言われていたように、春日山城内はひどく慌ただしく、また緊張していた。葬儀は二日後と取り決められたが、その間、城内につめる家臣たちは武装を解かぬよう指示された。

虎千代はただちに母虎御前の許へ引き渡されたが、母の姿はすでに虎千代の知る母ではなかった。髪を下ろし出家していたのである。以後は青岩院《せいがんいん》の名をもって呼ばれることになる。

「綾に虎千代よ。よくお聞きなさい。このような時、断じて動揺してはなりませぬ。悲しみを外に見せるのはかまいませんが、あくまで城主の子であるという品位を忘れてはなりませぬぞ」

化粧をすることもない母の顔は、幾分蒼ざめており、やつれてもいたが、凛として美しく見えた。夫を喪って、どこかでひっそりと涙を流すこともあったのかもしれないが、少なくとも綾と虎千代の前では一滴の涙も見せなかった。

「特に、綾」

母は綾に目を向けて言った。

「葬儀には、上田長尾家のお人も見えるでしょう。当然ながら、そなたの言動に注目しているはず」

「母上……」

綾は不意に、もう黙っていられないといった様子で、ほとばしるようにしゃべり始めた。

「城内では噂している者もおります。上田長尾家はもともと我が家に対し、忠実だったわけではありませぬ。父上のお力が強大なればこそ、やむを得ずして、わたくしとの婚約を了承したのでございましょう。こうして父上が急死なされた今、婚約を解消して、我が家に叛旗を翻すのではありませんか」

「綾――」

青岩院の声がぴしりと鞭打つように鳴り響いた。綾ははっとした様子でうつむいた。

「わたくしが品位を忘れるなと申したのは、まさにこのことです。人の噂に振り回されるのが城主の娘のすることですか」

「母上……。申し訳ありませぬ」

綾がうつむいたまま、小さな声で答えた。

「そなたが動揺すれば、それは亡き父上を辱《はずかし》めるばかりでなく、今の御館さまである晴景殿のお立場を危うくすることにもなりかねませぬ。綾は断じて、そのことを忘れぬように――」

「かしこまりました」

綾は気を取り直した様子で、母の前に手をついて答えた。

こうした母の薫陶のお蔭で、綾は二度と動揺するさまを見せなかった。だが、城内に流れていた噂は根も葉もないことではなかった。

越後守護代職を守ってきた府中長尾家の安泰は、ひとえに為景の力量によるところが大きかったのである。

跡を継いだ晴景はまだ若い上に、父親ほどの器の持ち主ではないと、すでに越後国中に知られていた。それを案じていたからこそ、為景は晴景に経験を積ませるべく隠退し、自ら後見人として晴景を支えるつもりだったのであろう。

為景自身も自分がこれほど早く逝くとは思っていなかったに違いない。

府中長尾家の敵対勢力となり得るのは、まず守護の上杉氏である。もっとも現当主の上杉定実《さだざね》の正室は、為景の妹であり、表向き両家は平穏に保たれていた。しかし、守護代の長尾氏に実権を奪われた上杉家が、復権の機会をうかがっていたとしても不思議ではない。

さらに、危険なのが同じ長尾氏の支流である上田長尾氏であった。代々、越後守護代の座を争ってきたこの一族は、ともすれば、府中長尾氏を失脚させて、自ら守護代の座に就こうと身構えている。為景の勢力に屈して、上田長尾家当主の政景と綾との婚約を了承したものの、それを守るかどうかは疑わしい。

同じ長尾氏でも、古志長尾家は青岩院の実家というだけあって、府中長尾家に忠実である。しかし、青岩院の父房景《ふさかげ》から、兄景信《かげのぶ》へ代替わりしており、今もって府中長尾家に忠実かどうかは分からない。

さらに、越後国北部の揚北衆《あがきたしゅう》と称される豪族たちは、鎌倉時代以来、その地を治めており、守護の上杉氏や守護代長尾氏と、対立することもあった。今なお、独立性を保っており、現時点で戦火を交えていなくとも、いつ春日山城に攻めかかってくるか分からぬところがある。

晴景が家臣らに武装を解かぬよう指示したのも、それらの勢力の襲撃を恐れたからであった。

葬儀までの間、城内は物々しい兵士たちで守られ、虎千代も念のため、夜休む時も籠手と脛当ては外さなかったほどである。

葬儀の席には、下着の上に胴を着け、その上から喪服を着て臨むことになった。さすがに女人たちは武装していなかったが、男たちは皆、喪服の下に胴を着込んでいる。

葬儀には林泉寺の天室光育禅師も参列し、読経を行っている。

守護上杉家、上田長尾家からも無論、参列者はいたのだが、いずれも当主ではなく家臣による代参であった。

もっとも守護上杉氏は為景の主筋であるから、それも当然である。しかし、

「上田は家臣の立場ではないか。まして、政景は綾姫の許嫁《いいなずけ》でありながら、当人が参らぬとは不届き千万」

と、声を上げて憤ったのは、古志長尾家の景信であった。

青岩院の兄で、綾や景虎には実の伯父に当たる。現在は栖吉《すよし》城主であり、そのため古志長尾家は栖吉長尾家と呼ばれることもあった。

長尾景信は背も高く、立派な体格をしている。乗る馬もふつうの馬より一回り大きな馬を特別に用意させているほどで、見るからに頼もしげな風貌だった。

「伯父上の仰せの通りです」

景信の言葉を耳にした虎千代は、思わずといった調子で口を挟んでいた。周りには、晴景をはじめ、虎千代の兄に当たる景房、景康もいたが、この七歳の子供の場をわきまえぬ発言に、誰もがぎょっとしたような顔を向けた。

ただ一人、顔をほころばせたのは、伯父の景信である。

「おお、さようか。虎千代君は幼いながら剛毅なお心をお持ちのようじゃ」

黙っている晴景たちへの嫌味でもあったのだろうが、虎千代はそんなことには気づかない。ただ、父の葬儀に対する礼を失した政景を許しがたく思い、姉の綾を気の毒に思う気持ちが、虎千代の口を開かせた。

「上田の政景殿も、ここへ攻め寄せようとする揚北衆も、間違っております。天下の礼は『和用を致すなり、義を致すなり、譲を致すなり』と、『礼記《らいき》』にも書かれているではありませんか。葬儀の礼をおろそかにすれば、この世から道義が失せ、人に譲る気持ちが消え、結局は新たな争いを起こすことになるのです」

大人たちを前に、恐れる様子も見せず、虎千代ははきはきと言った。

「何と、虎千代君の賢いことか」

景信は政景への怒りも忘れたように、満足そうな表情を浮かべている。その場にいた他の者たちも、虎千代の度胸と聡明さに感服した様子であった。

その中で、虎千代に声をかけたのは、長兄の春日山城主晴景であった。

「虎千代よ」

「そなたの申すことはまったく正しい」

虎千代に向けられた眼差は優しく、その物言いは温かかった。

「だがな、道を外れた者に正しき道を説きたいのなら、まずは強くなければならぬ。この乱世では、強き者だけが正しいことを実践できるのだ。残念ながら、私は亡き父上に比べ、その強さがない。ゆえに、揚北衆も上田の政景殿も私を侮っているのだ」

城主としては気弱に過ぎるその発言に、景信があからさまに顔をしかめた。

「兄上を侮るなど、許せませぬ」

虎千代は声を張り上げて言った。兄を見上げる眼差は力強く、どこまでもまっすぐである。

「うむ。そなたの心遣い、頼もしく思うぞ」

晴景は虎千代の頭に手を置いて言った。

「私が大人になったら、兄上を侮る者たちを懲《こ》らしめてやります」

虎千代がさらに、きびきびした口ぶりで言った時、

「何ともまあ、虎千代君のご立派なことよ。亡き御館さまもたいそう心強いことでござろう」

再び伯父の景信が口を挟んできた。それから、景信は傍らにいた直江実綱を顧みるようにし、

「我が甥の凛々しい面構えを御覧なされよ」

と、まるで我が子を自慢するかのように言った。虎千代と実綱に面識がないものと

勘違いしているようだ。

「直江殿は私を林泉寺まで迎えに来てくださいました。それに、鎧を手ずから着けてくださいました」

虎千代が言うと、

「そうであったか。直江殿が我が甥御に手ずから鎧をのう」

景信は満足げに言い、立派な顎鬚を撫でながら何度となくうなずいた。

「我が甥」とくり返すのは、府中長尾家に古志長尾家の血を引く男子がいるということを強調したいからだ。城主晴景は青岩院の産んだ子ではないから、古志長尾家の血が流れていない。

その時、直江実綱が、

「甥御……？」

と、ふと呟いた。

だがその呟きは、景信にも虎千代にも、他の誰にも聞き取られることはなかった。

父為景の葬儀が終わった時、青岩院は虎千代に春日山城へ帰るようにと告げた。

「そもそも、そなたを寺へ遣わしたのは、父上のお考えでした。その父上亡き今、そなたも自分の考えで、自分の道を進めばよい」

だが、その言葉に、虎千代はうなずかなかった。

「私は住職さまの許で、もっと学びとうございます。ゆくゆくは兄上をお助けする立派な武将となるべく、学問にも武芸にも林泉寺で励みたいのです」

初めて寺へ行けと言われた時、まだ母や姉の傍にいたいと言った幼子の面影は、いつしか虎千代の顔から消え失せている。わずかな間で、見違えるように大人びた顔つきになった我が子を、青岩院はじっと見つめた。

「そなたは武将になるのですか。父上亡き今、女子として生きることもできるのですよ」

「そのことは考えたこともありません。そして、父上のご葬儀の席で、私は自分の為すべきことが分かりました。私は正しいことがしたいのです。そのために強くなければならぬのなら、強くなります」

虎千代は真剣な眼差で、きっぱりと言いきった。

「そなたは女子が弱いとお思いか」

青岩院が静かな声で問う。虎千代は少し考えるように首をかしげた後で、

「いいえ、そうは思いません。母上も姉上も強いお方です。でも、女子が正しい道を説いても、世の人は耳を貸さないのではないでしょうか」

と、しっかりした口ぶりで答えた。

父上とて、母上の言葉には耳を貸さなかったではありませんか——口には出さないが、その眼差はそう告げている。

（この子は、わたくしの悲しみをずっと見ていたのだ）

青岩院はそう思った。

「私は正しい道を説きたいのです。あの揚北衆や上田の政景殿に、葬儀を軽んじることは間違っていると言いたい。だから、強い武将になりたいのです」

青岩院はその言葉を聞き、大きな溜息を漏らした。

虎千代の考え方に幼い部分はあるが、述べていることは正しい。

「そなたがそこまで申すのならば、思うようになさい。ただ、そなたが女子であることは変えようがない。これから成長するにつれ、男子とは異なることがさまざま出てまいろう。ゆえに、林泉寺で寝起きするのはこれまで限りとし、この先は城から林泉寺へ通うことになさい」

青岩院はそう命じ、虎千代もそのことを承知した。

こうして、虎千代は父の死後は春日山城へ戻り、城下の林泉寺へ通う毎日を過ごすことになった。

二

長尾為景の急死から、一年半が過ぎた。

綾は十六歳になっている。

上田長尾家の政景とはまだ婚礼を挙げておらず、婚約の解消もされていない。ただ、この一年半の間に、両家の間は混迷の一途をたどっていた。

為景が亡くなり、晴景に越後一国を統治する器量がないと見極めるや、上田の政景は府中長尾家に背を向け、守護上杉家に接近し始めた。

上杉家の当主は定実である。

代々、守護上杉家と守護代長尾家の結びつきは強い。

定実の正室は晴景の叔母であり、晴景自身が一時期、上杉定実の猶子になっていたことがある。また、晴景の妻は定実の娘であった。

これらは皆、上杉家との関係を重視した亡き為景の方針によるものであった。だが、

(為景殿がお亡くなりになった上は、両家の絆も弱まったはず)

そう考えた政景は、綾との婚礼が調う前に、上杉定実に接近し、

「この越後をお治めになるのは、本来ならば守護のあなたさまですぞ」

と、説得した。

「守護代の任命権は、あなたさまが握っておられるのです」

ともすれば、守護代の座を己《おの》が手に――と言わんばかりである。

「それがしが守護代となりました暁には、守護上杉氏を軽んじることは断じてございませぬ」

そう言われれば、上杉定実とて悪い気はしなかったろう。

ただし、政景を頼もしく思いつつも、その強引さと傲慢さに辟易したこともなかったわけではない。

守護の権威回復は上杉定実の望みであった。しかし、幾重にも縁を結んだ守護長尾氏と、直接事を構えるつもりは、定実にはない。

こうした守護上杉氏や上田長尾氏の動きは、もちろん晴景の許にも伝わってくる。

また、越後国内の領主たちの耳にも入る。

（ならば、我らも――）

とばかりに、守護代派から守護派へ乗り換えんとする動きも、ちらほら見え始めていた。

（このままではならぬ）

さすがに、晴景も長尾政景を放置しておけぬと、心を決めた。

念頭に浮かぶのは、政景と綾の婚約の件である。府中長尾家と上田長尾家の間が剣《けん》呑《のん》になったとはいえ、二人の婚約は解消されたわけではない。この上は、

「しかるべき方を間に立て、上田へ輿入れのことを申し入れようと思いますが……」

と、晴景は青岩院に言った。

青岩院は出家後も晴景に乞われ、春日山城の一角に暮らしている。青岩院としても、結婚前の綾を残して、城を去る気持ちにはなれなかった。

「わたくしも御館さまと同じ考えに存じます」

青岩院は迷いのない口ぶりで答えた。傍らの綾は強張った表情のまま、何も言わない。

「とにかく、上田と事を構えるのは正しくありますまい」

続けられた青岩院の言葉に、晴景は重々しくうなずいた。

「さようにございます。今は越後を一つにまとめることこそ肝要かと――。そこで、上田と我が家の間に入っていただく方でございますが、古志の景信殿はいかがか、と――」

景信は青岩院の兄で、古志長尾家の当主である。同じ長尾家の一族であり、綾の伯父にも当たるのだから、この役目はふさわしいと言える。

しかし、青岩院はうなずかなかった。

「景信殿はおやめになった方がよろしいでしょう」

「何ゆえでございますか」

晴景が驚き、小太りの体をわずかに揺らして、座り直した。

人のよさがにじみ出ているような丸顔には、かすかな不安が宿っている。

「すでに御館さまにもお気づきのことと存じますが、景信殿は今でこそ我らが府中に従っておりますれど、あの方にはあの方なりの野心がございます。まさか守護代の座を狙ってはおられぬでしょうが……」

そう告げる青岩院の声も明るくはない。

守護代の座を狙っていなくとも、守護代家における発言権は確保したいだろう。景信にとって、自分が操りやすい守護代こそが望ましいのである。もしも上田長尾家が守護代の晴景と結び、守護代家での発言力を強めれば、それは景信にとって望ましいことではない。

青岩院ははっきりとした物言いではなかったものの、大体、そのようなことを言った。

「なれば、継母上《ははうえ》は誰に仲立ちをしてもらうのがよいとお考えなのでしょうか」

晴景が顔を強張らせながらも、気を取り直した様子で尋ねた。

「わたくしは上杉家のご当主にお頼みなさるのがよいと思います」

青岩院はきっぱりとした口調で言った。

「何と。定実公にでございますか」

晴景が心底から驚いた様子で声を上げ、一瞬後には感じ入った様子でうなずいた。

「上田の政景殿は為景殿の死後、上杉定実さまに接近なさっていると聞きおよびます。これも、守護の力を強め、ともすれば我が家の威勢を阻もうというおつもりでしょう。されど、定実さまご自身にはそこまで我が家と敵対するおつもりはないはず。ご正室は亡き御館さまの妹君であり、我が家のご姻戚です。綾のご婚礼のことをお頼みするのも、筋から外れてはおりますまい」

青岩院は感情を抑えた淡々とした口ぶりで告げた。その秩序だった発言に、晴景は敬服した様子である。

「さすがは継母上。よきお考えでございます」

青岩院とは対照的に、いささか昂奮した様子で、早口に晴景は言った。

「確かに、定実公からのお話ならば角も立たず、また上田も断ることはできまい」

「それに、上杉家の顔を立てることもできます。御館さまにおかれては、上杉家の力が強まることは本意ではないかもしれませぬが……」

「いえ、それがしは守護上杉家を主君と立てております。世間には下剋上と称して、主君を殺害し、自らその座を奪う者がいると聞きおよびもしますが、我が長尾氏は守護代として、守護をお助けいたすのが役目――」

晴景は自らを納得させるように言うと、それから、

「綾よ」

と、ようやく綾の方へ目を向けた。

綾の表情は緊張してはいたものの、先ほどのような強張りは消えている。そればかりでなく、覚悟を決めた人のすがすがしささえ加わっていた。

「上田へ行ってくれるな」

「――はい」

「上田が離反することのなきよう、政景殿をよくよく監視してほしい」

「それがわたくしの役目であれば、しかと承ります」

綾は言った。

素直な物言いではあったが、声のどこかに反撥があった。役目とあらば引き受けるしかないが、そのようなものを自分は引き受けたくはないのだと、言外に述べている。

晴景はそれに気づかぬほど愚かではなかった。

「綾よ。父上が生きておられた頃であれば、そなたも上田の家で大きな顔ができたであろう。されど、父上がお亡くなりになり、この兄が不甲斐ないばかりに、そなたには苦労をかけることになる」

晴景は綾にじっと目を当て、心のこもった声で言った。綾の表情にかすかな困惑が浮かび上がる。

「兄上……」

「上田では、そなたを我が家の回し者のように見る者もいよう。政景殿もそなたに心を許すまいとするやもしれぬ」

「御館さま――」

たしなめるように、青岩院が口を開いた。

「さような婚儀は、今の世ではふつうでございます。何も、綾一人をさように哀れむ必要はありますまい」

「確かに、それが女子の務めだと言ってしまえばそれだけのことやもしれませぬ。されど、父上が生きておれば、綾の苦労もずいぶんと軽いものになったはず――」

晴景がそう言い終えた時、綾は顔を上げて兄をまっすぐに見つめていた。

「兄上は、父上とは違うのでございますね」

綾は噛み締めるようにして言った。

「わたくしは上田へ嫁ぐのは避けられぬとしても、父上の道具として嫁がされることに割り切れない気持ちでおりました。しかし、兄上は父上とは違い、わたくしの苦労を思い、わたくしに謝ってくださる」

「綾よ――」

晴景が驚いたように妹の顔を見つめ直す。綾は先ほどまでとは別人のように、生きとした顔つきとなり、また、急に大人びたように見えた。

「兄上は、上杉さまを守護として立てるとおっしゃってくださった。兄上がさようなお気持ちであれば、どうして上田の政景さまが兄上に背かれることがございましょう。たとえ政景さまにさようなお心があったとしても、わたくしが必ずや止めてみせます」

「うむ。感謝するぞ、綾」

晴景が心から感動した様子で言った。

「こう申し上げては何ですが、父上が長生きされれば、いずれ上杉さまを越後から追い払われたのではないかと、わたくしは思います。されど、兄上は違います。兄上の御ため、府中長尾家のために、わたくしは喜んで上田へ参りましょう。ただし、わたくしからも兄上に一つお願いがございます」

綾はそこまで言ってから、唇を引き結んだ。

「何でも申してみよ」

晴景の声には真情がこもっている。

「虎千代のことでございます」

綾はきりりとした声で言い、そのまま両手を床につけて続けた。

「どうぞ、兄上。虎千代を守ってやってくださいませ。兄上の妹でございます」

「うっ……」

綾のきっぱりとした言葉に対し、晴景は言葉をつまらせたまま、先を続けなかった。

晴景は何かまずいものでも飲み込んだような表情をしたまま、頭を下げた綾の姿をじっと見つめ続けていた。

三

綾が上田長尾家へ嫁いで三年近くが過ぎ、天文十年、虎千代は十二歳になった。この春、虎千代は女のしるしを見た。

そのことは、虎千代付きの侍女を通して、すぐに青岩院に伝えられたが、

「虎千代さまはお部屋に引きこもっておられ、ずっと口を利いてくださいません」

と、侍女は困惑した様子で告げた。

(これが、ふつうに女子として育った娘であれば、本人も祝うべき出来事と思えたかもしれぬが……)

綾の時を思い出し、青岩院は虎千代を哀れに思った。

月のものについての知識は、事前に虎千代に伝えてあった。虎千代は淡々と受け入れているようだったが、実際に体に変調が訪れるのは頭で理解するのとは違う。

「虎千代の許へ参ります」

青岩院はそう言って立ち上がった。その時、侍女に女物の小袖と化粧の道具を持ってくるよう言いつけた。

「虎千代や、入りますよ」

青岩院は虎千代の部屋に声をかけて入った。障子を閉めきった部屋の中に、虎千代は一人で座っており、虚ろな目を青岩院に向けた。

「母上……」

母を見上げたその眼差は、いつもと違って頼りなげに見えた。

「私を案じて来てくださったのですか。私は……大丈夫です。ただ――」

虎千代は言いさして、いったん口をつぐんだ。

「ただ――？」

青岩院は優しく促すように言い、虎千代の顔を見つめた。

「どうして、こんなにも心がふさぐのか分かりません。事前に分かっていたことなのに……。これから女人の体になることも承知していたのですが……」

「男として生きていきたいのに、女人の体になることが疎ましいのですか。それとも、まことは女人でありながら、男として生きることに抵抗を感じるのですか」

「分かりません。そのどちらなのか――」

虎千代は幼い子供のように、首を横に振った。その時、先ほどの侍女が後から、青岩院に言いつけられたものを持って、部屋へ入って来た。青岩院は侍女に部屋を出て、しばらくの間、誰も入れぬようにと命じた。侍女が出て行ってしまうと、

「虎千代や。今日一日だけ、何も言わず、この母に従ってくれませんか」

と、青岩院は告げた。虎千代は心許ない顔つきでうなずく。

青岩院は虎千代の手を取って立ち上がらせた。虎千代の背丈はすでに青岩院よりも少し高い。

青岩院は虎千代の袴の紐を解き、袴を脱がせた。それから、虎千代の背に回り、青鼠色の小袖も脱がせた。虎千代は口を利かず、母にされるがままになっている。

白い下着だけになった虎千代の上に、青岩院は侍女が持って来た小袖をふわりと着せかけた。それは、紅色の地に白梅を散らした絵柄で、華やかで愛らしい女物の小袖であった。

「さあ、袖をお通しなさい」

青岩院は腕を垂れたままの虎千代を、静かに促した。虎千代は逆らわず、紅地の女物の小袖に腕を通す。青岩院は小袖の前をきちんと合わせ、腰紐をしっかり結ぶと、

その上から鶯色の帯を締めた。

さらに、頭の上部できりりと結っていた虎千代の髪紐をほどき、女にしては短い黒髪をはらりと下に垂らした。

「では、お座りなさい」

青岩院は用意の整った虎千代に、そう命じた。

「胡坐《あぐら》ではなく正座をするのですよ」

青岩院が言うと、虎千代は生真面目にうなずき、どことなくぎこちない様子で正座した。

「さあ、こちらを向いて。母が紅をさしてあげましょう」

青岩院が言うと、虎千代は少し腰の引けた様子を見せた。

「いえ、私は……」

と、拒否しかけるのを、

「今日だけは母に従う約束でしょう」

青岩院は言い、化粧箱の中から紅を入れた貝殻を取り出した。鮮やかな色の紅を薬指にとり、虎千代の唇にさす。その間、虎千代はじっと目を閉じていた。

最後に、唇にそっと薄紙を当てて、紅を整えてから、

「さあ、見て御覧なさい」

と、青岩院は虎千代の前に、直径七寸ほどの丸い鏡を持ち出して告げた。

虎千代は恐るおそる目を開いた。鏡の中には、まぎれもない女がいる。初め、他人を見るようだった虎千代の目が、やがて大きく見開かれていった。

「どうですか。女人の姿をしたご自分を見るのは、忌《いま》わしいですか」

「……いいえ」

ややあってから、虎千代はかすれた声で答えた。

「自分でも不思議ですが、私は女子だったのだなと……改めて思いました」

虎千代のどこか茫然としたような物言いに、青岩院はほのかに微笑んだ。

「そなたは女子ですよ。そのことは、そなたがどう生きようと変わるものではありません」

青岩院がゆっくりと言い聞かせるように言うと、その時、虎千代の表情が急に強張った。

「母上、それならば、私は毘沙門天の申し子ではないのですか」

虎千代は鏡から目をそらし、母をじっと見据えて尋ねた。青岩院が黙っていると、虎千代はさらに黙っていられないという様子で、先を続けた。

「私は父上からそう告げられ、毘沙門天の申し子として生きることを、己の務めと心得てきました。禅師さまから己の天命は自分で探せと教えられ、この越後を正しい国にすることが私の道だと思ってきたのです。今もそう思います。それができぬのであれば、私がどうして毘沙門天の申し子と名乗ることができましょうか」

虎千代は一気に言ってから、口を閉ざした。その細い肩が小さく上下に揺れている。

「そなたはこれからもずっと、自分が毘沙門天の申し子だと信じたいのですか」

青岩院は静かな声で尋ねた。

「はい」

虎千代は少しも迷うことなく、ただちに答えた。

「越後を正しい国に為すため、働きたいのですか」

「それが私の天命と心得ております」

「ならば、母も教えて差し上げましょう。毘沙門天は女神だったとも言われています」

「な、何ですと――」

虎千代の瞳が大きく揺らいだ。

「そのように書かれた経典があるそうです。信じるか信じないかは、人それぞれの心次第でしょうが、母は信じております」

それから、青岩院は天室光育禅師より聞いた『大唐西域記』に登場する毘沙門天の話をした。虎千代は食い入るような日を母に向け、その話を聞いていたが、

「ならば、私もそれを信じまするっ！」

母の話が終わるや、膝を乗り出すようにして叫んでいた。

「私は毘沙門天の申し子として正しいことがしたい。強き武将となって越後から戦を無くし、『大唐西域記』の毘沙門天のように、母なる女神のごとく民を慈しめる人になりとうございます」

「虎千代殿……」

青岩院は手にしていた鏡を床に置き、虎千代の両手を取って、その目の中をのぞきこむように見つめた。

「そなたがどうしてもそうしたいのならば、それを止めはいたしませぬ。されど、今はまだ結論を出さずともよい。男子ならば元服、女子ならば嫁入りまで、まだ時間もある。その時までよう考えることじゃ」

「分かりました」

虎千代は素直にうなずいた。

だが、その瞳はいつものように強く輝き、青岩院が部屋へ入ってきた時の頼りなさはもうどこにも見られなかった。

（この子はもう、この決意を変えることはないのではあるまいか）

青岩院は虎千代の引き締まった顔つきを見ながら、ふとそう思っていた。

それから、二年余りが過ぎた。虎千代の日常は特に変わっていない。

林泉寺へ通いながら学問に励み、僧侶に交じってではあるが武芸にも励んでいる。

まっすぐで曲がったことを嫌う性格は、年を重ねるにつれ、その純粋さを増したようだ。

二年前よりもすらりと背が伸び、凛々しい顔つきで城内を闊歩するその姿は、

「末頼もしい若君よ」

というように見られている。

そして、その年の夏の日暮れ間近のこと――。

春日山城当主の晴景が、城内の奥にある青岩院の居室を訪ねてきた。

「継母上は虎千代がこと、どうお考えでございますか」

と、着座するなり、晴景は唐突に問うた。

「どう、とは――」

「十四といえば、男ならば元服をし、女であればそろそろ嫁入りを考える頃でございましょう。綾にしても、その頃、婚約したはず」

青岩院はうなずいて、

「して、御館さまにおかれては、どうなさりたいのでございましょうか。虎千代は御

館さまの同胞《はらから》にて、御館さまのお考えに従うべきと存じますが……」

と、言った。

「それがしはともかく、古志長尾家の景信殿が、早く虎千代を元服させせよと仰せにて――」

「兄上が……」

青岩院が眉をひそめた。

古志長尾家の景信は、一応、守護代である晴景に臣従しているのだが、自らの野心も持ち合わせた男である。そして、その景信がたびたび、晴景への不満を口にしてはばからないのを、青岩院も知っていた。

「今の御館さまは、ご先代にくらべて、いささか心もとのうござる」

などと言う。

「それに引き換え、虎千代君は我らが古志の血が流れておるせいか、幼いながら文武に秀でておられ頼もしい」

とも言っているらしい。

露骨に、虎千代を我が甥と言い、虎千代が春日山城の主となることを願っている。

そして、ついには虎千代を元服させよと、晴景に迫ったのだ。

青岩院はそうした話を晴景の口から聞き、そっと目を伏せた。だが、

「それがしは元服であれ、嫁入りであれ、虎千代の望むようにしてやりたく存じます」

晴景はあくまでも優しく言った。古志長尾家があからさまに虎千代の後押しをしているることで、不快な顔色を見せるでもない。それで、虎千代を疎ましく思うわけでもないようだ。

「では、御館さまさえよろしければ、ここに虎千代を呼んで、御自らお尋ねくださいませ」

青岩院は晴景にそう勧めた。

虎千代ももう林泉寺から戻って来たはずである。晴景も承知したので、青岩院は侍女を呼んで、虎千代を連れて来るよう命じた。

それから間もなく、虎千代が藍色の袴を着けた格好で、颯爽と現れた。

「兄上、こちらにお越しでしたか」

虎千代はぴんと背筋を伸ばして、晴景と青岩院の前に着座した。

「今日、そなたを呼んだのは他でもない。御館さまがそなたのこれからのことをご相談に来られたのじゃ」

「私のこれからのこと……」

虎千代は切れ長の目を見張って、母と兄を交互に見る。

「さよう。そなたを元服させるべきか、嫁入りさせるべきか。そなた自身がどう望んでいるのか、それを聞きたいと思うてな」

晴景が青岩院に続けて言う。虎千代は表情をわずかに引き締めた。

「私は、兄上のお力になるべく、元服いたしとう存じます。そして、この越後を正しい国にいたしたいと考えます」

虎千代は迷いのない口ぶりで、きっぱりと言い切った。ややあってから、

「……さようか」

と、晴景が大きな息を吐き出すようにして言う。

「そなたの志は無論、ありがたい。だが、念のために申しておくが、そなたが越後や長尾家のために役立ちたいと思うなら、女子として出来ることもあるのだぞ。上田長尾家に嫁いだ綾とて、わしの助けとなっておる」

「それは分かっております。ただ、私は姉上のようには生きられないし、生きるべきでもないと思うのです」

虎千代はさらに答えた。己の宿命を粛然と受け容れているというような口ぶりであった。

「そなたの存念はよう分かった」

晴景は虎千代に向かって大きくうなずき、それから、青岩院の意向を尋ねるように

視線を転じた。

「御館さまも、この母も、そなたの考えを受け容れるつもりですが、そなたの選んだ道は、世の多くの女より険しいものとなろう。また、世の多くの男より苛酷なものとなりますぞ」

青岩院の声はいつになく、少し昂《たか》ぶっていた。

「もとより承知の上。それでかまいませぬ」

虎千代ははっきりと答えた。それから、つと居住まいを止すと、

「一つ、お願いがございます」

と、続けて切り出した。

「私は、出家の道を選びませんが、生涯を不犯《ふぼん》で通すべきと思うのです。元服をいたせば、おのずからいずれ縁談の話も起こるでしょう。といって、私が妻《めと》ることはできませせぬ」

「世間への方便のため、不犯で通すというのか」

晴景が痛ましげな眼差を虎千代に向けて尋ねた。女と生まれながら、生涯、夫を持たずに生きることを誓う妹に対し、改めて哀れみをもよおしたようであった。

「いいえ、私は林泉寺に入り、天室禅師の弟子となりましたゆえ、その心は出家者も同然。なれば、不犯で通すことが道理と考えます」

晴景も青岩院も、その虎千代の言葉にすぐにはうなずかなかった。

ややあってから、青岩院は不意に虎千代の手を取るや、

「今一度、よう考えてくだされ」

と、先ほどよりもいっそう感情的な声で、娘に訴えた。

刃を突きつけるような母の真剣な眼差を見るのは、虎千代には二度目のことであった。

かつて、虎千代が林泉寺へ預けられると決まった時、女子として生きたいのなら、父を説得すると言った時も、母は同じ目をしていた。

「母上……」

さすがに、その目の奥がわずかばかり動揺した。

「それは、女人としての人生を捨て去ることじゃ。母のごとく、綾のごとく、誰かに嫁ぎ、子を産み育てる喜びとは、無縁の人生を生きるということじゃ。今ならば、まだ戻れる。母も御館さまも、そなたが女人として生きることに反対などしておりませぬぞ」

青岩院は虎千代の手を強く握り締めて言った。その言葉が終わった時、虎千代もまた、母の手を力強く握り返していた。

「私を案じてくださる母上のお心には感謝しております。されど、私の答えは変わり

ません」

そう言い切る虎千代の口ぶりは、きっぱりとしていた。

「私は父上の葬儀の席で、自らの胸に抱いた決意を実行したいのです。そして、その決断が決して間違っていないと、確信しております」

青岩院は虎千代の手を握ったまま、深い息を漏らした。

「そなたの覚悟のほど、十分に分かりました。これより後は、御館さまの御ため、越後の民のため、一人の武将として立派にお働きくだされ」

「かしこまりました、母上、兄上」

虎千代は言い、二人の前に再び頭を下げた。顔を上げた時、その目はもう少しも揺らいではいなかった。

四

天文十二年八月十五日、十四歳の虎千代は元服して名を改め、景虎《かげとら》と名乗ることになった。

九月、晴景の命を受け、生まれ育った春日山城を出て、三条城へ入った。

三条城は、春日山城のある府中から北東にあり、城が築かれたのは古く平安時代と言われる。また、三条の地は、景虎の家門、つまり府中長尾家の発祥地であり、もともとは三条長尾家と称していた。

三条城の城主は、山吉政久《やまよしまさひさ》である。為景の時代から、守護代長尾氏に仕えてきており、今も晴景に協力的である。虎千代はこの城へ、古志郡司として入った。

そこへ、晴景から景虎の後見を為《な》すよう命じられて、直江実綱が一人の若い女を伴いやって来たのは十月初めのことである。

直江実綱は景虎の父為景が急死した時、林泉寺まで迎えに来てくれた家臣であり、幼い景虎に手ずから鎧を着せてくれた。その時のことを、景虎も忘れていない。

「実綱殿、よう来てくれた」

元服して髷《まげ》を結い上げた景虎は、凛々しさがいっそう増し、それに厳しさまで加わったようである。そのせいか、知らぬ者が見れば、景虎を女と疑うことはまずあり得ない。

「三条城へのご着任、まことに祝着至極《しゅうちゃくしごく》。こたびは、春日山城の御館さま、青岩院さまのご命令で参りました」

と、直江実綱は挨拶した。実綱の背後に座った若い娘は、ひたすら頭を下げ続けている。

「ふむ。して、御館さまは何と――」

「これなるは、それがしの娘うのと申す者。景虎さまとは同い年にございます。どうぞ、景虎さまのお側にて、お使いくださいますよう――」

実綱が答えた。

「それが、御館さまと母上のお言《こと》づてか」

「さようにございます。この娘をいずれ城勤めに出そうと思うておりましたところ、それならば、三条城へ遣わせということに――」

「お二方のご命令ならば、従おう。それに、実綱殿の娘御とあらば、頼りにもなろう」

景虎は言い、ようやく実綱の娘の方へ眼差を向けた。それを感じたのか、

「うのにございます。景虎さまにおかれましては、手足のごとくお使いくださいますよう」

と、うのは頭を下げたまま、緊張した声で言った。

「うむ。よろしゅう頼む」

景虎は答えた。うのはいまだに頭を下げ続けたままである。

「頭を上げてみよ」

景虎はうのに言った。

「は、はい――」

うのは恐るおそる顔を上げる。

白い瓜実顔が緊張していた。鼻も口も小さいが、二重の目は大きく見開かれ、聡明そうな光を宿している。

「うのはすべて心得ております。いかなることでも、お気兼ねなくご命じくださいませ」

実綱が口を添えた。

景虎は実綱に目を戻した。実綱はいつしか景虎から目をそらしていた。

すべて心得ているとは、どういう意味か。

景虎は実綱に問いただすことはできなかった。


だが、実綱がうのを残して、景虎の許を去ってから、

「実綱殿は、お前がすべて心得ていると申していたが……」

と、うのに対し、尋ねてみた。

すると、うのの表情が急に改まった。先ほどは景虎の前に出て緊張しているように見えたが、今は別の緊張感がうのを包み込んでいる。

うのは慎重に、周りに人がいないのを確かめると、

「それは、景虎さまが女人であることを承知しているという意味でございます」

と、声を低くして言った。

最初に見た時の初々しい少女の印象は、すでにうののの全身からは立ち消えていた。おそらく、城勤めの侍女としての心得と義務とを、直江実綱から叩き込まれているのだろう。

うのは賢く、注意深く、信頼できる侍女になってくれるだろうと、景虎は思った。

「父は申しておりました。このことを存じているのは、長尾家の方々と一部の重臣方、古くから春日山城に仕えている者のみだと――。私ごとき者をその中に加えていただくのは、おこがましいことでございますが、景虎さまの御ために働けることが、うのにはこの上もない喜びなのでございます」

うのの白い頬に、はのかな赤みがさした。

本気でそう思っていることが、景虎にも伝わってくる。しかし、初対面の景虎に対し、そこまでの忠誠心を抱いているというのが、どうにも解《げ》せなかった。

「何ゆえ、私のために働きたいと思うのか。どうせならば、春日山城で御館さま付きの侍女になることこそ、名誉でもあろうに……」

まだうのに全面的な信頼を寄せていない景虎は、そう畳み掛けた。すると、うのは、

「こちらへ参る前に、綾さまの許へ伺いました」

と言う。

「姉上の……？」

「はい。青岩院さまより、綾さまが私に会いたがっておられるとお聞きしましたので──。そこで、綾さまより、景虎さまをしかと頼むと承りました。綾さまは元服という道を選ばれた景虎さまを、たいそうご案じでございましたので──」

「さようか。姉上ならば、さもあろう」

景虎は納得したようにうなずいた。

「私はお前も存じているように、いささか人と違う道を選んだゆえ、なかなかに人が信頼できぬ。だが、母上と姉上がさほどにお前を信頼しているならば、私もお前を信頼することとしよう」

「かたじけのう存じます」

うのは再び床に手をついて、頭を下げた。

「ところで、私は生涯、不犯の誓いを立てている。聞いたか」

「はい。承っております」

「お前は私と同い年と聞いた。お前が私に仕えて、私のようになってしまっては気の毒だ。だから、好いた男ができたら、遠慮なく私に申せ。添わせてやろうほどに……」

うのはいつしか顔を上げて、ぽかんと景虎を見つめていた。

うのと同い年と言いながら、まるでうのよりずっと年上の者のように、大人びた様子で景虎は話す。これで、本当に自分と同い年の女人なのだろうかと、うのは不思議に思った。

「そのようなことは、考えたこともありませぬ。うのは景虎さまの御ために尽くすことしか考えておりませぬ」

うのは一途な眼差を景虎に向けて言った。それから、少し視線を落とすと、

「それに……」

と、それまでとは違うためらいがちな口ぶりで続ける。

「景虎さまはお忘れでございましょうが、私は景虎さまにお会いしたことがあるのでございます」

「なに、私と初対面ではないと申すか」

「はい――」

うのは恥じらいがちにうなずいた。

「ご先代さまの葬儀の折、私も父に連れられて、お城へ上がったのでございます。その時、景虎さまの御ことをお見かけして――」

「そうか」

景虎はその時、父の葬儀のため、林泉寺から春日山城へ戻っていた。だから、うの

と鉢合わせたことがあるとしても不思議ではない。景虎の記憶の中に、うのらしき女はいなかった。だから、

「私が初めて想いを寄せたお方は、景虎さまでございます」

と、うのから言われた時は、さすがに冷静な景虎も仰天した。

「どういうことだ」

「あのご葬儀の後で、景虎さまは純白の猫をお見かけになられたはず。覚えてはおられませんか」

うのが真剣な口ぶりで尋ねた。

純白の猫と言われ、ぱっと景虎の脳裏によみがえった場面がある。


父の葬儀が終わり、まだ城に残っていた時のことであった。城内の庭を当て所もなくさ迷っているうち、見たことのない一匹の白猫がふっと現れ、景虎の足下に近寄って来たのである。

父を亡くしたばかりであった。

嫌われていたとはいえ、ただ一人の父であり、自分の生き方の端緒をつけた人であった。いずれ父は自分に何かを言ってくれるだろうと、期待していたのは否めない。女と生まれながら男として、育て悪かったと謝罪されるか、あるいは、このまま長尾

家のため男として生きてゆけと言われるか。いずれにしても、何らかの言葉が欲しかったのは確かである。その父の言葉に従うか、従わないかはそれからの問題であった。しかし、父は何も言わずに、突然、景虎の前から消えてしまったのだ。そのことが、いつになく景虎の感傷を誘ったのかもしれない。

景虎には、その白猫が父の使いではないかと思われた。それで、ふっとその白猫の頭を撫ぜた。猫は警戒することもなく、景虎の足下をぐるぐると回っている。

その時、その様子を誰かに見られていることに、景虎は気づいた。

「誰だ」

思わず鋭い声を出して振り返ると、

「も、申し訳ございません」

細い声で、泣き出しそうになりながら頭を下げた少女がいた……。

「そうか。あの時の娘がお前か」

景虎の表情がそれまでになく和らいだ。それを見るなり、うのの心は明るくなった。

「はい。私はあの時から、景虎さまの御事が忘れられませんでした。無論、当時は若君と信じておりましたし、この度、父から聞かされるまで、ずっとそう信じていたのでございますが……」

「ならば、さぞやがっかりしたことであろう。初恋の男に仕えられると思うていたに、それが幻であったのだからな」

景虎は笑顔になって言った。

それを見ていると、うのの心は我知らず熱くなってゆく。

（私には、幻ではございませぬ。その方は今、目の前におられるのですから——）

その言葉を、うのは心の中だけで呟いた。

「ところで、あの時の猫はどうしたのだ」

「若君の猫ではないと知ったので、それから飼い主を探してみました。されど、お城に飼い主は見当たらなかったので、父に頼んで、私が引き取らせていただきました」

「では、その猫もこの城へ参ったのか」

「いいえ、父の居城である与板に置いてまいりましたが……」

「それでは、お前も猫も寂しかろう。この城へ引き取り、手許で育ててもよいぞ」

「まことでございますか」

うのはぱっと目を輝かせて言った。

「かまわぬ。ところで、猫の名は何と申すのじゃ」

「いえ、それは、その……」

まさか、景虎の幼名である虎千代から、「トラ」と付けたとは言えない。

「あ、あの、このお城で飼わせていただけるなら、景虎さまに改めて名づりていただきとう存じます」

しどろもどろになって、うのは必死に言った。景虎はやや不審そうな表情を浮かべたものの、

「さようか。ならば――」

と、うのの言葉に逆らう様子もなく、名を考え始めた。

「ならば、我が幼名を採って、トラはどうか」

「そ、それは、私が付けた名と同じでございます」

うのは思わずそう口走っていた。

「ならば、初めからそうと言えばよいものを――」

あきれたように、景虎が言う。

「いえ、それはあまりに失礼かと存じましたので――」

恥ずかしそうに、そう言ってうつむいてから、うのは再び顔を上げて、まぶしげに景虎を見た。

その眼差はあたかも、女が男を見るもののようであった。

三章　隠し鉱泉

一

元服後間もなく、三条城へ入った景虎は、兄晴景の命により、その後、古志郡栃尾《とちお》城へと移された。

栃尾城は三条城の西手にあり、府中にはより近い。鶴城山に築かれた山城で、別名、舞鶴城とも言われていた。

この栃尾城には、元からの城主がいる。

本庄実乃《ほんじょうさねより》といって、春日山城の晴景の臣下であった。景虎は守護代の弟ということで、栃尾城では城主実乃から主君として扱われている。

まだ三十代の実乃は、景虎をじかに見て、言葉を交わすなり、その聡明さを見抜いた。

「栖吉城主の長尾景信殿より承っておりましたが、まこと景虎さまは若さに似合わずしっかりしておられる」

本庄実乃は骨太で大柄な体格をしている。その全身は鍛え上げられた筋肉でよろわれ、余分な肉は一つもついていない。その体に見合った大声で、実乃がしゃべるのを聞くと、気の小さな者ならそれだけで震え上がってしまうほどであった。

しかし、景虎は自分の倍以上も年上の本庄実乃を前に、少しも臆することなく、

「栖吉の伯父御（景信）は血縁に当たるせいか、何事も私に甘いのです。伯父御の言葉は話半分に聞いておかれよ」

と、落ち着いた声で返事をする。

本庄実乃はそうした景虎を、すっかり気に入ったようであった。

長尾景信と心を合わせるだけあって、本庄実乃も春日山の晴景に対し、いささかの不安を抱いている一人であった。景虎はまだ若すぎるし、実戦経験さえないとはいうものの、もし今後、晴景以上の力量を発揮することがあれば、景虎が府中長尾家を継ぐこともあり得る。

「それがしが景虎殿に、軍略をお教え申そう」

と、実乃は自ら言い出した。

景虎がこれまで学んできた学問は、仏僧としてのそれであり、兵法のようなものは含まれていない。

「よろしくお頼み申し上げる」

景虎は言い、栃尾城へ入ってからは、本庄実乃について兵法を学び始めた。

直江実綱の娘うのと、その飼い猫のトラも、景虎について栃尾城へ移って来ている。

そして、景虎とうのは栃尾城で、天文十三（一五四四）年の春を迎えた。

この頃、守護代長尾晴景に離反する勢力は、力を増しつつあった。綾の夫である長尾政景の上田衆もその一つであるが、それでも叛旗を翻してはいない。

しかし、この年、栃尾城に入った景虎がまだ十五歳であることを軽んじて、

「守護代の弟、古志郡司景虎を討ち取ってくれよう」

と、越後北部の国人領主らが挙兵した。

彼らは阿賀野《あがの》川北岸の小領主たちであり、揚北衆とも呼ばれている。鎌倉時代に地頭として越後に入国し、そのまま住み着いた者たちで独立意識が強く、守護代長尾氏にも元から反抗的であった。

揚北衆を配下に収めることは、晴景の目指すところであり、一族の景虎が三条城、栃尾城へ入ったのも、彼らを牽制するためであったのだ。

それに揚北衆が反撥し、ついに栃尾城に攻めかかって来ようというのである。

報告を受けた景虎と本庄実乃はすぐさま戦支度を整え、軍略を練った。

討って出るか、それとも府中からの援軍を待って、城に立てこもるか――そのどちらかである。

「敵兵は五百はおりましょう。対して、我らは三百にも満たぬ。討って出るは愚策と存ずる」

そう意見する者がいた。

「されど、景虎さまは守護代のご一門。それを承知の上で攻めかかってくる暴挙に対し、何もせず援軍を待つのみでは、長尾ご一門の名折れでござろう」

血気にはやった者たちは、城を出ての野戦を主張する。

いずれにしても、敵の数は総勢で栃尾城の兵の倍以上はおり、こちらに不利な戦いであることに疑いはなかった。無論、知らせを受ければ、府中からも援軍はよこされるであろうし、栃尾城に近い栖吉城、三条城からの援軍は府中よりも早く到着するだろう。それにしても、援軍が到着するには早くとも三日はかかろうし、それまでは栃尾城の兵力だけで何とか凌がなければならない。

軍議の席での意見が出尽くしたと思われるところで、本庄実乃は傍らに座す景虎に意見を求めた。

一同の眼差が、この席で最も若い十五歳の景虎に、いっせいに注がれる。

「私は、城が囲まれる前に、兵を二手に分けるべきと存ずる」

景虎が静まり返った席で、おもむろに申し述べると、軍議の席は再びざわめいた。

「何と、ただでさえ敵より少ない兵力を、二手に分けると申されるか」

「さようなことをすれば、別々に叩き潰され、府中からの援軍が到着する前に、この城が落とされるぞ」

席上の武将たちがひそひそと、あるいは声高に、反論の声を上げた。

「ご一同、静まられい。まだ、景虎さまの話は終わっておらぬ」

本庄実乃が大声を張り上げた。ただでさえ大声の実乃が、声を張ったのだから、まるで地割れが起こったような趣である。人々はいっせいに静まり返った。

その中で、再び実乃が景虎に問う。

「二手に分けて、いかがなさる」

「まず、一隊は敵が本陣を張ったと聞く笠松へ、背後から急襲をかける。これは、戦に慣れた実乃殿に率いていただくのがよかろうと存ずる。そして、もう一隊は城に残り、急襲が成功次第、ただちに正面から討って出る」

景虎は明快に答えた。

「城の一隊は、景虎さまが率いられるのですな」

「さように存ずる」

「されど、ご城主が城を出て、奇襲部隊を率いられるなど……」

本庄実乃の家臣の一人が異議を唱えかけた。すると、それをすぐさま遮って、

「それがしは守護代の家臣であり、栃尾城を預かっているだけぞ。この城の主は、守

護代のご舎弟である景虎さまである。それがしは城を出て戦うに、異存はござらぬ」

と、実乃が大声で言う。

「かたじけない。実乃殿。実戦経験があれば、私が奇襲部隊を率いるのだが……」

景虎が本庄実乃に頭を下げて言った。

「何の。己の力量を見極め、できぬことはできぬと認めるは難きことにござる」

と、実乃は景虎を誉めた。それから、軍議に列席した一同を見回し、

「それがしは景虎さまのご意見に賛同したい」

と、言った。

「理由は二つある。一つは、まず敵が我らを少数と侮っているその隙に乗じられるということじゃ。敵はよもや我らが兵を二つに分けるとは思うてもおらず、従って奇襲の警戒はしておるまい。そこを突けば、予想以上の効果を上げられる。二つ目は、栖吉城の長尾景信殿、三条城の山吉政久殿の力添えがあるからじゃ。お二方は景虎さまに縁が深く、間違ってもお見捨てになることはない。援軍が到着するまで我らが持ちこたえれば、まず間違いなく勝利は得られる」

本庄実乃の破《わ》れ鐘のような声が、軍議の席に響いてゆく。実戦経験の豊富な実乃の言葉は、諸将への説得力があった。

反論の声はもはや一つも上がらなかった。

「平城の栃尾城で籠城しても、こちらに利はありますまい。下手《へた》に長引けば、城内に裏切り者が出るやもしれず、もしかしたら、敵はすでにこの城に間者を引き入れておるやもしれませぬ」

続けて言う景虎の言葉に、うなずく者も出始めていた。

「それでは、景虎さまの案を採《と》ることといたす。それがしは兵百を率いて、笠松を背後から攻める。残る兵は景虎さま指揮の下、奇襲が成功次第、笠松を正面から攻撃せよ」

本庄実乃が力のこもった声で言い、軍議は終わった。

兵が二手に分けられ、奇襲部隊が慌ただしく出陣の仕度に追われる中、景虎は本庄実乃に訊いた。

「まことに、私の考えをお採り上げになって、よろしかったのですか」

本庄実乃はたちまち破顔した。

「何の。景虎さまの案はそれがしの考えと同じでござりましたぞ」

「さようでしたか」

景虎の表情に、安堵と誇らしげな色が浮かんだ。

「それがしが景虎さまに軍略をお教え申したのですから、当然といえば当然のこと。

先ほどお尋ねしたのは、ご無礼ながら景虎さまを試す意味もございました。されど、すでに景虎さまはそれがしの上をゆく」

「何を申されるか。私など、まだまだでございます」

「いや、そのお若さゆえ、景虎さまを侮る者もおりますが、それがしは見誤りませぬぞ。いずれにしても、こたびの敵は景虎さまを侮る者ども。必ずや蹴散らして、彼奴らに目にもの見せてくれましょうぞ」

「分かり申した」

「手柄をお立てくだされ、景虎さま。それがしがお力になりましょうぞ」

本庄実乃は力強く言い、百の兵を率いて、栃尾城を出発した。


栃尾城には、もはや二百の兵もいない。景虎は今や、城主本庄実乃の代わりに、城を預かる身となった。うのは今なお、城内に残っている。

「大丈夫でしょうか」

うのはさすがに気が気ではない。無論、うのにも、戦を身近に経験したことなどありはしなかった。

「我らは兵を二手に分けたが、同じことを敵も考えているやもしれぬ。何せ敵の方が我らより兵力があるのだからな」

「ならば、本庄さまの奇襲が成功するより先に、この城が敵に攻められるということも――」

「あるやもしれぬ」

景虎は落ち着いた声で言う。

「ええっ――」

うのはおびえた声を出した。年齢のわりにしっかり者で、ふだんの仕事は老練の侍女のようにこなすのだが、戦を目の前にしてさすがに動揺を隠せなかった。

「本庄実乃殿の奇襲か、敵の栃尾城攻撃か、あるいは、栖吉・三条の援軍到着か。このどれが最初になっても不思議ではない」

景虎はうのの不安にはかまわず、淡々とした声で他人事のように分析する。

「この三つのうち、二つが我らに有利だ。ならば、我らが負けるはずがない」

「確かに、そうでもござりましょうが……」

景虎から静かな声で言われると、その通りだと思うのだが、後からよく考えてみると、合戦とはそう都合よく考え通りには運ばないだろうと、うのは不安がこみ上げてくる。

（この方は、私と同じ女人で、しかも戦は初めてだというのに、どうしてこうも落ち着いておられるのだろう）

不思議でならない。そう思いながら景虎を見ていると、景虎が女ならぬものに見えてくるのだった。といって、男に見えるというのでもない。何か、男と女という道理を超えた別の存在のように見えてくるのだ。

（そういえば、青岩院さまは景虎さまをお産みになる前、毘沙門天の化身を産むという予知夢を御覧になったと聞く……）

ふだんは忘れていたことがふと思い出され、その話はまことかもしれないと、改めて思い至る。そんなうのの内心には気づきもせずに、景虎は話を続けた。

「うのよ。お前は、万一この城に敵が入り込んでくることがあれば、女たちと共に城から出ろ。どこでもいい、近隣の農家にでもかくまってもらい、騒ぎが静まるのを待て。伯父上と三条の山吉殿は必ずや兵を送ってくれる。たとえ一時はこの城を敵に奪われても、奪い返すことはできる」

「で、では、景虎さまはいったんこの城をお捨てになるおつもりですか」

驚愕して、うのは尋ねた。

「敵の城攻撃が伯父上らの援軍到着より早く、実乃殿の奇襲よりも早ければ、やむを得まい」

「されど、この城は本庄さまより預かりし城でございますのに……」

いくら守護代の身内であっても、勝手な判断をして許されるのか。後ほど、景虎の立場を危うくするのではないか。うのにはそれが心配だった。

しかし、景虎は落ち着いて言う。

「我らはこの城を守るより、笠松の本陣攻めに向かう。笠松の本陣が討ち破られれば、揚北衆が崩れることに間違いはないからだ。いずれにしろ、彼らはこの城を取ったところで、経営していくことはできぬ」

揚北衆の本拠地は阿賀野川より北の地であり、守護勢力に囲まれた栃尾城はいずれ持ちこたえられなくなるに決まっていた。景虎はそのことを指摘したのだ。

（景虎さまはそんなことまで……）

この方はまるでもう、一城の主のように見えると、うのは思った。

やがて、景虎とうのがそうした会話を交わした一刻後には、それが現実となった。

「景虎さまっ！」

城内の兵が景虎の許へ駆けつけてきて報告した。

「北より敵が押し寄せております」

「兵の数は――」

「およそ百かと――」

「ならば、攻め寄せてきても、持ちこたえられぬ数ではない。弓兵を城内に配備いたせ」

景虎は素早く指示を下し、うのの介添えを受けて、兜を被るや、ただちに物見櫓へ駆けつけた。ところが、そこへ景虎が到着するや、別の物見の兵がやって来て、

「北の城門が打ち破られましてございます」

と告げる。

「何ゆえ、さようなことに相成った」

本庄実乃率いる奇襲部隊の攻撃が成功するまで、城門は堅く閉ざせと命じてあったはずである。

「おそらく、内部の何者かが手引きした模様――」

物見の兵が口惜しげに言った。

景虎は表情を変えなかった。しかし、一瞬沈黙したその時、瞬きさえしないその両眼が強い光を放った。

（あっ――）

景虎に最も近い距離にいた物見の兵には、景虎の目が蒼い炎を噴き上げたように見えた。あまりの恐ろしさに、兵士は目を伏せた。

その時、また別の兵が「ご報告、ご報告――」と声を張り上げながら、景虎の許へ駆けつけてきた。

「ただ今、本庄実乃さまの軍勢が、笠松攻撃を仕掛けたとの知らせが参りました」

「よし。ならば、このまま我らは南の城門より討って出るぞ」

景虎はただちに決断した。

「城を捨てるのでございますか」

「敵の本陣さえ打ち崩してしまえば、たとえこの城を奪われても、彼奴らは自ら降伏するだろう。間もなく、栖吉と三条の兵も参る。遅れてはならぬ。ただちに城内の兵に出陣の合図をいたせ」

「かしこまりました」

兵士たちが景虎の命を受けて、ただちに散ってゆく。

「まずは城の女人どもを、先に城の外へ出せ。我らはそれに続けて出陣するぞ」

「ははっ――」

景虎は大股に物見櫓を後にした。

二

怒涛のような一日が過ぎた。

景虎の作戦は成功を収めた。笠松の敵本陣は本庄実乃率いる部隊に急襲されて浮き足立っていたところへ、景虎の軍勢に攻められ、混乱を収拾できずに降伏した。

一方、栃尾城へ攻め寄せた敵の兵百余は、内応者の手引きにより城内へ侵入した上、景虎らがまともに戦うこともなく逃げ出したように見えたため、いったんは城を占拠した。しかし、城内を固め終わる前に、栖吉城からの兵が駆けつけ、その侵入を許してしまった。城内では場所によって激しい戦闘が行われたが、これも栖吉城の兵によって無事に奪い返された。

景虎と本庄実乃は共に栃尾城へ凱旋した。

「おめでとうござる」

景虎を城門まで出迎えたのは、伯父の栖吉城主長尾景信であった。

「初陣を見事な勝利で飾られたな。春日山城の母君もさぞお喜びになられよう」

景信は上機嫌で、景虎に言う。

「伯父上、わざわざのご出陣、かたじけなく存じます」

景虎は、野心をみなぎらせたようなこの伯父に対し、丁重に挨拶した。

「うむ、うむ」

景信は満足げにうなずいた。

その時、

「殿――」

と、景信の背後から近付いた家臣がいた。その家臣の後ろには、別の家臣が縄目にされた男を一人引き連れている。

「おお、景虎殿に、本庄殿よ。実は、この城に敵を手引きした者がございましてな。我が手の者が逃げ出そうとしていたこやつを捕まえまして、問いただしたところ、罪を認めましたのじゃ。お裁きをと、こうしてひっとらえていた次第――」

景信が景虎と本庄実乃に告げた。

ひっとらえられた敵の内通者は、武士のようではない。城内の下働きの男のようだ。

「お前は何者だ」

本庄実乃が尋ねた。城内の下働きの顔まで一人ひとり覚えているわけではない。

三十代半ばと見える男は、本庄実乃から顔を背けた。

「他の者の言葉によれば、厨にて働く包丁人の一人ということでありましたぞ」

景信が代わって答える。

「さようでしたか。これは、お恥ずかしい姿をお見せいたしした」

本庄実乃が景信に言った。城内に裏切り者が出たことを言っているのである。

その時、脇から景虎が進み出て、本庄実乃に言った。

「実乃殿、よろしければ、こやつの処分は私に任せてくださいませんか。裏切りを許してしまったのは、城を預かった私の責任――」

「いや、断じて景虎さまの責任では――」

実乃は慌てて言ったが、景虎は納得した様子ではない。その目つきはいつになく鋭く、実乃もそれ以上何も言えなくなった。

「よいではありませぬか、本庄殿。景虎殿がこう申すのだ。ここは景虎殿に、こやつの処分を任せてみては――」

景信が横から口を出す。

「しかし……」

実乃がためらいがちに口を開いた。裏切りは断じて許されない。発覚すれば死罪が妥当であった。それを知らぬわけでもないだろうに、わざわざ処分を任せてほしいと申し出たのは、男を許すつもりなのだろうか。

事実、裏切り者の男は、かすかな希望でも抱いたのか、それまで背けていた顔を上げて、景虎の方に目を向けている。だが、男を見返す景虎の目は、実乃がこれまで見たこともないほど冷酷なものであった。

「……分かりました。景虎さまにお任せいたそう」

ついに、本庄実乃は言った。

「かたじけなく存じます」

景虎は実乃に頭を下げ、それから前へ進み出て、裏切り者の前に立った。縄目にされた男は膝を地面につかされているので、景虎が見下ろすような形である。

「私は不正を為《な》す者や邪《よこしま》な考えを持つ者が、何よりも嫌いだ」
景虎の口から言葉が漏れた。いつもより少し低い声であったが、感情的になってい
るわけではない。いつものように淡々と冷静に、景虎は語った。だが、それだけにい
っそう、その冷酷さが聞く者の耳にしみこんでくる。
「裏切りは当たり前、弱き主君は討ち取って、自ら成り上がるのもよしとする今の世
の成り立ちが、私はたまらなく忌まわしい。裏切りは断じて許さぬ。そのような者に
生きる価値はない」
その時、近くにいた本庄実乃と長尾景信は、景虎の眼差が鋭く光るのを見た。それ
は一瞬だけ、物見櫓の時と同じように、蒼い炎を噴き上げるように光った。
（おおっ……）
二人の勇猛な武将が、声にならぬ声を上げた時、景虎は腰に佩《は》いていた刀を引き抜
き、男の首に一閃させた。首筋の大動脈が切れ、大量の血飛沫《ちしぶき》が上がる。
「ぐおっ！」
男の口から断末魔の声が漏れ、男は一瞬で事切れた。
景虎は返り血を浴びていた。鎧ばかりではなく、その白い頬にも血はついていたが、
景虎はそれを拭おうともしない。
その無表情の横顔を、本庄実乃は圧倒された思いで見つめていた。

（わしが見込んだこの方は、わしが思う以上に恐ろしい方やもしれぬ）

本庄実乃がそう思っていた時、傍らの長尾景信もまた、同じように圧倒されていた。

しかし、一瞬の放心から覚めると、

（これはこれは……。さすがは我が古志長尾家のお血筋じゃ。まこと、守護代の座にふさわしきお方よ）

と、いっそう景虎への期待と満足感を強めていたのである。


景虎の栃尾城での初陣と勝利の報は、その後、越後国内を駆け巡った。また、裏切り者を自ら一刀の下に葬ったその所業もまた、多少の尾ひれをつけた形で、広まっていった。

「景虎さまは春日山城の兄君と違い、たいそう頼りになる武将のようだ」

という評価が高まったのは当然である。

その一方で、

「栃尾の若さまは恐ろしい。虎のように残忍なお心をお持ちじゃ」

「ふだんの若さまは、目下の者にも慈しみ深いと聞くが、いったんお怒りになられると容赦がない。心根は冷たいお方なのじゃ」

という者たちもいた。

その後も、景虎は栃尾城で本庄実乃から兵法を学びながら、越後国内に戦闘があれば参戦し、着実に戦功を重ねた。

初陣から一年後、天文十四年十月に家臣の黒田秀忠が、景虎の兄景康、景房を殺し、黒滝城に立てこもった時も、景虎がこれを降伏させた。さらに、その翌年二月、再び謀叛を起こした時は、これを許さず、秀忠を攻め立て討ち滅ぼしている。

こうした手柄によって、守護代晴景が景虎を頼りにするのは無論、守護上杉定実もまた、景虎に信頼を寄せるようになってき始めていた。

一方で、景虎が軍紀に厳しすぎるという評判も立っている。

上官の命に従わぬ者、みだりに噂を振りまいた者などは、厳しく罰せられた。合戦に勝利した後、敵のものを奪うこと、女を犯すことなども厳重に禁止された。しかし、それまでの戦場では、それらは勝利兵の半ば特権だったのである。

景虎のやり方が道理であり、正義であることが分かっているから、誰も反論できない。しかし、それだけに不満は確かに生まれ、くすぶっていた。

そうした声に耳を傾け、不安を抱いたのはうのの父直江実綱であった。実綱は栃尾城へ訪問した時、うのを呼び出して言った。

「あのままでは、家臣の心が景虎さまから離れてしまう。そなたが何とかせよ。あの方に人並みの人情というものをお教えするのが、そなたの務めであるぞ」

「されど、私は景虎さまが間違っているとは思えませぬ」

うのは父の言葉に反論した。

うの自身は、景虎が敵を栃尾城へ引き入れた裏切り者を斬り殺した場面を見ていない。後からそれを聞いて、身内が震えるような恐ろしさを覚えたのは事実である。

しかし、景虎のしたことは正しい。そのことに疑いは抱いていないし、その厳しさも冷酷さも、景虎の潔癖さが引き起こしたことである。うのにとって、景虎の潔癖さは美点でこそあれ、人から非難されるべきものではなかった。

「わしとて、間違っているとは申さぬ。されど、景虎さまはあまりに人の心を知らなすぎる」

「人の心……?」

「人間とは悪心を起こすものであり、弱い生き物だということを、お分かりいただかねばならぬ」

うのは押し黙った。

景虎は強い。腕っ節や剣を持った時の強さではなく、心の強靭さである。それは間違いなかった。だから、景虎が弱い者の心を推し量れないという父の言葉は、一概に否定することができなかった。

「誰もが皆、景虎さまのように強い心の持ち主ばかりではないのじゃ。人は弱く、そしてずるい。欲深い者もいれば、好色な者もいる。そのことをお分かりいただくのじゃ」

「されど、どうやって――」

「それは、そなたが自分で考えよ。何のために、三年も景虎さまのお側近くにお仕えしたのか」

直江実綱はそう言い置いて、栃尾城を去って行った。

（父上のおっしゃることは分からないでもないけれど……）

うのにしてみれば、

（私は、今の景虎さまに欠けたところがあるとは思えない。景虎さまにはずっと、今のままでいていただきたいのに……）

という気持ちであった。


それから数日後のこと――。

景虎は宵のひと時を、一人で過ごすことがあった。そういう時、景虎はうのに琵琶を用意させ、自ら爪弾くことが多い。

琵琶は景虎の趣味の一つであった。

幼い頃、姉の綾から習ったのだという。他にも、綾から和歌を習ったというが、うのは景虎が作ったという和歌を見せてもらったことはない。だが、琵琶の音色は自然に聴くことができる。うのは景虎の琵琶を聴くのが好きであった。

琵琶は他の楽器と合わせず、それだけを聴くと、何とも物悲しく、時にはどうしようもなく寂しく胸に迫ってくる。特に、景虎の弾く琵琶の音色は清冽で、人を寄せ付けないような孤独の響きをかもし出すことがあった。

その夜、景虎が酒を傍らに、琵琶を爪弾くのを、うのは黙って聴き入っていた。そうするうち、景虎は不意に琵琶を弾く手を止めると、

「そういえば、うのは甲斐《かい》の武田晴信《はるのぶ》という男について聞いているか」

と、尋ねてきた。

「甲斐の武田氏でございますか」

無論、名前は知っている。だが、どういう人物かまでは、うのも知らなかった。甲斐国は越後とは接しておらず、信濃を挟んだ東方にある。

「その晴信とやら、父親を他国へ追い出して、甲斐の国主に納まったそうだ。何とも耳に汚らわしい話ではないか」

景虎は吐き捨てるように言った。耳に汚らわしいとは言いすぎな気もしたが、確かに景虎が嫌いそうな話である。うのは黙ってうなずいた。

「それればかりではない。その男、数年前には謀略によって、信濃の諏訪《すわ》氏を滅ぼしたという。諏訪頼重《よりしげ》の妻は、晴信の姉妹だったそうだ。その上、諏訪頼重の娘を強引に自分の側室にしたのだとか。非道な話とは思わぬか」

「それは、まことにひどい仕打ちにございます」

今度は間髪を入れずに、うのも言った。諏訪氏の娘の運命は、この戦国の世ではやむを得ないことはいえ、哀れな女人と感じずにはいられなかった。それに、

「私とて父上からは疎まれたが、生涯、父上には孝養を尽くすつもりでいた。それに、諏訪氏の娘に対する扱い方は、女を好色の道具としか見ていない男のものだ」

景虎はいつになく腹立たしげな口ぶりで言う。

「まこと、武田晴信とやらは獣のごとき男でございましょう」

うのもまた、景虎に同調して言った。憤慨した面持ちでうなずく景虎の表情は、まさしく武田晴信という男への嫌悪に染まっていた。

景虎は怒りに任せた様子で、膳の上に置かれていた杯に手を伸ばし、満たされていた酒を一気に飲んだ。それから、思い出したように、撥を手に取り、琵琶の弦にあてがった。

びいん――。

琵琶が女の怨めしい泣き声のような音を立てた。その直後、ばしっという音がして、

琵琶の弦が切れた。

「景虎さまっ！」

うのは声を上げて、景虎の側に寄った。

「お怪我はありませぬか。お手をお見せくださいませ」

「いや、大したことはない」

と言う景虎の手を、うのが無理に引き寄せると、親指が一条の血に染まっている。

「大事なお手にお怪我を――」

うのはそのまま景虎の指を口に含んだ。鉄の錆びたような血の味が口の中に広がってゆく。

景虎は何も言わず、逆らいもせず、うのの為すがままになっていた。

三

景虎が二月に黒田秀忠を滅ぼした後は、越後国内に大きな動きは見られなかった。栃尾城の景虎の日常も落ち着いている。

そして、その年も、城外から時鳥《ほととぎす》の声が聴こえ始めてきた頃――。

景虎はうのを呼んで、急に言い出した。

「私は、信濃国を偵察に行こうと思う」

「な、何でございますって」

うのは仰天した。

「さようなこと、本庄さまがお許しになるはずがございませぬ」

「実乃殿には越後国内をめぐり歩くと言えばよい。しかし、供をつけると言い張るだろうから、お前の実家直江家から、心利いた者を三人ばかり連れて来てくれぬか。さすれば、実乃殿の家臣らの供を断ることができる」

「しかし、我が父とて、信濃行きを認めるとは思いませぬ」

うのは首を横に振って言った。

「無論、実綱殿にも内密にしなければならぬ。だから、心利いた者と申したのだ」

景虎の目はいつになく輝いていた。思えば、うのが景虎に仕え始めて三年、その間に景虎がこのような冒険を試みたことは一度もない。

若い主に仕える場合、同じ年頃の従者や侍女が、大人には明かせぬ主人の秘密を抱え持つのはめずらしくない。それなのに、景虎には大人に明かせぬ秘密など一つもなかった。

もっとも、女人であるという大きな秘密を、景虎は抱えている。それゆえに、さらなる秘密を作る心の余裕も持てなかったものか。

そう思うと、うのはこの若い主人が少し気の毒になってきた。景虎が少々羽目を外したいと思うのなら、それを叶えてやるのも侍女としての務めではないか。

それに、もしかしたら、景虎に足りぬと父が言う人情とやらは、こうした経験から身につくものではないのか。

「それは承りましたが、何ゆえ信濃に行こうと、思われるのでございますか」

うのは改めて尋ねてみた。

「私はこれまで、越後国内のことにしか関心がなかった。しかし、先だって、実乃殿より甲斐や信濃の話を聞き、これからの越後を守るには、他国にも関心を持たねばならぬと思い至ったのだ。甲斐の武田がいきなり越後を攻めてくることはあるまいが、隣国の信濃が武田領となれば、我が国とて安閑としてはおられぬ。いつの日か、武田が兄上を苦しめるのではないかと、私は案じられてならぬのだ」

と、景虎は答えた。

「つまりは、春日山城の御館さまの御ためにということでございますか」

「兄上は私に思い通りの生き方をさせてくださった。それに、景康兄上、景房兄上がお亡くなりになり、同胞は姉上たちを除けば、私一人となってしまわれた。私が兄上をお守りしなければならぬ」

景虎の心持ちは、うのが想像したような若者の冒険心とは程遠いもののようである。

それでも、うのは景虎の願いを叶えてやりたいと思った。

だが、景虎の身は直江家の侍が守るとしても、旅の間に景虎の正体が知られるようなことがあってはならない。どうすれば、景虎の身分を悟られず、無事に旅ができるだろうか。

うのは思い悩んだ。

「何を考えている？」

黙りこんでしまったうのの横顔を、不思議そうに見つめながら、景虎が尋ねた。

「景虎さまのご身分が誰にも分からぬよう、旅をするにはいかがすればよいかと——」

「越後国内ではなく、信濃へ行くのだ。誰も私の顔を知るまいから、別段、気にする必要はないのではないか」

「それでも、ご用心に越したことはありませぬ」

しかつめらしく首を横に振ったうのの脳裡に、ふとある考えが唐突に浮かんだ。

「景虎さまっ！」

うのは昂奮気味に声を上げげた。

「何だ」

景虎がやや気圧された様子で訊き返す。

「信濃国へお入りになる時は、素性をお隠しになるため、変装なさってくださいませ」

うのは頬を染めて言った。

「変装だと――」

「さようです。いっそのこと、女子の形《なり》をなさいませ」

うのはすっかり、自分の思いつきに酔っている。

「女子の形で外出するなど、私には経験がない。第一、女子の着物だけ着たとしても、歩き方から口の利き方まで、今のままではなるまい」

辟易した様子で、景虎が言い返す。

「当然でございます。口の利き方にせよ、立ち居振舞いにせよ、このうのが責任を持ってお教えいたしまする。それをご承知くだされば、私は信濃行きにお供つかまつりましょう」

うのが同意してくれなければ、直江家の家来を供に連れて行くことも叶わない。そして、そうでなければ、本庄実乃が景虎を城から出すはずもなかった。

「この私と、取引きしようと言うのか」

苦りきった口ぶりで、景虎が言う。景虎のそんな有様を見るのは、うのには初めてだった。そのことがたまらない幸福感を、うのにもたらした。

「滅相もございませぬ。これは、うののお願いごとにございます」

うのは澄ました顔で言った。

「どう言ったところで、同じことだ。私が逆らえるはずもないのだからな」

景虎はそう言ってから、「まあ仕方あるまい」と呟いた。

それで、交渉は成立した。

といって、景虎は十七歳になるこれまで、女の着物を着たのはただ一度きり、女としてまともに振舞ったことがない。その景虎が、人から不自然だと思われない程度に、女としての振舞いを身につけるには、ひと月の時間が必要だった。

それも、栃尾城内でうの以外の誰にも見咎められず、訓練を積まなければならないのである。うのはとりあえず、自分の着物を景虎に着せ、立ち居から歩き方、そして、口の利き方を特訓した。

もとより、信濃行きのことがあるから、景虎も真剣に取り組む。

そして、どうにかなるだろうと、うのが納得をし、栃尾城主の本庄実乃の許しも得て、ようやく景虎とうのは栃尾城を出ることができた。

この年の夏も終わりに差しかかった六月初めのことである。

日中はまだ陽射しが強いものの、山間部の朝晩にはそろそろ秋の気配が感じられてきたその頃、景虎は栃尾城を出発した。

景虎はもちろんだが、うのも馬に乗ることができる。女だからといって、馬に乗るのが不自然というわけではない。そこで、二人はそれぞれ馬で行くことにした。直江家からやって来た三人の家臣は、二人から離れて、その身を守ることになっている。彼らもまた、馬を用意していた。

まずは、二人にとってはなつかしい府中へ向かう。春日山城に立ち寄るわけではないが、府中あたりから南下する形で、信濃へ入る予定であった。

国境までは、馬で行けば一日である。

一日目の夜は、越後国内の寺に泊めてもらった。

翌日はいよいよ、信濃へ入る。ここから、景虎はいよいよ女の形に改めることにした。髪の短さばかりはどうにもならないので、うのが用意したかもじをつける。

信濃国内では、景虎は「お虎」という名の女人となり、うのはお虎に仕える侍女ということで申し合わせてある。旅の目的を訊かれたら、信濃の親戚を訪ねるのだと答えることにしていた。

「ところで、信濃のどこをお訪ねになりましょう」

一泊した寺の僧坊で、うのが訊いた。

「ひとまず、これといった知識もないので、諏訪を訪ねてみようと思う」

景虎は答えた。

以前、耳にした武田晴信の諏訪攻略が、まだ記憶に残っているのだろうと、うのは思った。

「されど、諏訪はすでに武田方の所領では――」

「だからといって、別段の危険はあるまい。我らはただの庶人の女なのだからな」

景虎が言うのへ、

「さようでございました」

と、うのは笑って答えた。

女の形をしたお虎を、誰が越後の長尾景虎と思うことがあろうか。正体が見破られる心配はあるまい。しかし、

「女の形をした以上は、その言葉遣いは改めていただきませんと――」

と、うのは釘を刺すのを忘れなかった。

「おお、そうであった」

思い出したように、景虎が言う。うのが景虎を睨みつけた。

「いや」

はっと景虎が表情を改め、

「いえ、そうでございました」

と、女言葉で言い直した。

四

毒沢《どくさわ》という禍々《まがまが》しい名を、二人が耳にしたのは下諏訪に入って間もない頃であった。下諏訪に入ってからは、二人とも馬から降り、馬を牽《ひ》きながらゆっくりと進んで行った。

「若い娘御が二人で、どこへ行くのかね」

時には、行き交う者が声をかけてきた。

地元の百姓もいれば、諏訪大社へお参りに来た旅の者もいる。そういう時には、手はず通り、親戚の家を訪ねて行く途中だと、うのが答えた。さらに、もっともらしく、

「どうせこちらまで来たのですから、私どもも諏訪大社へ参詣しようと思い立ちまして――」

と、付け加えて言う。信濃の住人たちはそう聞くと、おおかたよい顔をした。

そして、諏訪湖や諏訪大社の自慢話をする。それらに耳を傾けているうち、

「どうせなら、毒沢の湯に浸《つ》かっていったらよかろう」

と、教えてくれた百姓がいた。

「毒沢とはまた、おかしな名前でございますね」

うのが答える。景虎は万一のことを考えて、見知らぬ者とはあまり口を利かぬように取り決めていた。

「ああ。その名は武田晴信さまがお付けになられたんじゃ」

と、五十がらみの百姓が教えてくれる。

「武田晴信――？」

景虎が思わず口を開いた。

「お前さん、甲斐の殿さまを、呼び捨てにしちゃなんねぇよ」

すかさず聞きとがめて、百姓が景虎を注意する。

「あっ、これは……」

景虎はしまったという表情を浮かべ、顔を背けた。

「そういえば、このあたりは先の戦いで、武田さまのご支配になられたということですが……」

「そうじゃ」

「古くから、この土地を支配してこられた諏訪氏を滅ぼしてしまわれたのですから、地元の方々は武田さまをさぞお怨みでございましょうな」

うのの言葉に、その百姓は「いいや」と首を横に振ってみせた。

「初めはそりゃあ、武田さまを怨む者もおったさ。けど、武田さまの政《まつりごと》は公平で、いちいち道理に適っておる。無理な年貢も納めさせることはねえ。今では、武田さまのご領地になってよかったと、皆も言ってるさ」

「まあ……」

意外な話に、うのは目を見張った。景虎はそっぽを向いているが、内心では相当驚いているはずだ。

「それに、武田さまは出湯《いでゆ》の設備を整え、わしらにも開放してくださったんじゃ」

「出湯……？」

うのは首をかしげた。地から熱い湯が湧くという話は聞いたことがあるにせよ、うのは入ったことも見たこともない。そのことを話すと、

「けど、毒沢の湯は水と変わらねえ冷たさだで、湯というのは名前だけよ。まあ、そのまま入れるのは夏の今だけだな」

と、百姓は教えてくれた。湯を沸かして入りたい者は、その湧き水を汲んで行ってもよいという。何でも湯に沸かすと、透明な水が茶色く濁るという特別な鉱泉らしい。

「甲斐にはいくつもの出湯の設備があるんだそうな。武田さまは合戦で怪我した兵士たちを、そこで療養させるために、出湯を掘ったらしいが、兵士たちが使わぬ時は誰が入ってもいいんだそうな。それをこの諏訪にも造ってくださったわけよ」

と、まるで我がことのように自慢げに言う。

「ところで、毒沢の湯とは、まさか毒が出るわけではありますまいね」

念のために、うのは尋ねてみた。

「当たり前よ。それは、武田さまが他国の者に知らせまいとして、わざと毒が出る沢という名をつけられたんじゃ」

その話に、うのと景虎は思わず顔を見合わせた。二人はまさしく他国の者だ。

しかし、どこから来たとは話さなかったので、この諏訪の百姓は二人が信濃の女だと誤解しているらしい。

「その出湯には、誰に断ることもなく参ってよろしいものなのですか」

「ああ、大丈夫だ。休む場所もあるで、泊まることだってできる」

どうやら、武田晴信の造った出湯の施設は、見事なものらしい。

「ただし、このことは誰彼なくしゃべっちゃなんねえぞ」

最後に、百姓が念を押すように言うので、うのは思わず吹き出しそうになった。

「はい。誰にも申しませぬ」

うのは言い、それから二人は教えられた通り、中山道を和田峠に向かって進んだ。

すると、確かに雑木林の中ほどに、溜池がある。地下からは滾々と水が湧き出している。幸いなことに人の姿はない。

景虎は馬を近くの幹にくくりつけると、溜池に近付いた。

溜池の周りには、明らかに人の手が加えられたと分かる様子で、同じくらいの大きさの石が固定されていた。少し手で触ったくらいでは、びくともしないくらい、きちんと固定されている。また、溜池の底にも、平らな石がいくつも敷き詰められていた。先ほどの百姓が言っていたように、水に手を触れてみると、確かに冷たい。しかし、今の季節はかえってこの冷たさが心地よく感じられた。

傍らの木は切り倒されて平地となっており、そこには小さな小屋が立っている。中をのぞいてみると、板敷きの間が整えられていて、ここで着物を脱いだり休んだりすることができるようだ。

「なるほど、これはよいな」

景虎は小屋の中をじっくりと眺め、感心した様子で呟いた。

「せっかくでございますから、ここで休んでいかれてはいかがでしょう。さすがに昼は人目もありましょうが、日が暮れてからならば、鉱泉に浸かっていただくこともできましょう」

うのが勧めた。

「武田晴信の造った施設というのが気に入らぬが……」

景虎が不服そうに言う。

「今は、長尾景虎さまではないのですから、さようなことはお忘れなさいませ。怪我をした兵士たちが浸かるというのですから、さぞやよい効き目があるに相違ございませぬ」

うのは言い、さっそく小屋の土間の所で、景虎の頭に被せてあった笠を取り外しにかかる。

二人は板敷きの間に上がり、日が暮れるまで少し休むことにした。うのに勧められるまま、膝枕をしてもらった景虎は、そのまま寝入ってしまったらしい。はっと起き上がった時にはもう、外は暗くなっていた。

「お目覚めですか」

うのが景虎の顔をのぞきこむようにして問う。明かり取りの窓から、月の光が射し込んで、互いの顔がうっすらと見える。

「今宵は月が明るいようでございます」

うのが言った。続けて、お仕度をなさいませと勧める。

「よし」

景虎は立ち上がって、うのの前に両腕を広げた。うのが帯をほどきにかかる。

「お前は入らないのか」

景虎はされるがままになりながら、うのに尋ねた。うのは手を休めることもなく動

かしながら、

「万一のことがございます。私は御身をお守りしなければなりませんので、ここでお待ちしております。どうぞ、お心置きなくゆっくりとお寛《くつろ》ぎください」

と答えた。

城暮らしの間、もちろん行水をすることもあれば、蒸し風呂に入ることもある。この時代、沸かした湯に浸かるという習慣はない。

そういう時、景虎はいつもうのにだけ介添えをさせていた。だから、うのの前で、着衣を脱ぐことをきまり悪いと思うようなことはない。

やがて、いつものように小袖を脱がせ、下着だけになった景虎を前に、

「髪はどう致しましょうか」

と、うのが思案げに呟いた。ふだんの景虎は男のように結っているので、髪の始末は必要ない。しかし、今はかもじまでつけた長い下げ髪をしている。

「かもじを取って、いつものように結ってくれればよい」

「されど、男のごとく結って、誰かに見られでもしたら……」

もちろん誰が来ても、まさか景虎と一緒に鉱泉に入らせるわけにはいかない。うのが交渉するつもりであるが、鉱泉の溜池は外にあり、首から上は人目に触れる可能性もある。

「ならば、女子は行水をする時、髪をどうするものなのだ」

面倒くさそうに、景虎が問うた。

「それは、一つに結って、布で覆ったりいたしますが……」

「なら、そうしてくれ。だが、かもじだけは取り外せ」

と、景虎は命じた。一応、文句も言わずにこらえてきたようだが、かもじが鬱陶《うっとう》しくてならなかったらしい。

文句を言う景虎に、うのはふとおかしくなって、くすりと笑った。

「何がおかしい」

「いいえ、お城での景虎さまとは、少々様子が違ってお見えになるので――」

「そうか」

と言ったものの、思い当たるところがあったのか、

「旅に出て、何やら心も体も軽うなったせいかもしれぬな」

と、景虎は続けた。

うのと二人きりの時は、すっかりいつもの言葉遣いに戻っているが、女のように話し、女の形をして出歩くことも、景虎には新鮮な体験であった。

「旅はよきものだな」

と、景虎はこの時だけは、しみじみとした様子で言った。

「栃尾城へ帰ってしまえば、またいつ、このような機会が持てることか」

景虎の横顔に、寂しげな翳《かげ》りを見出して、

「ささ、景虎さま。鉱泉へお入りになってくださいませ。外で行水するというのも、旅でこそできることでございますれば――」

と、うのはわざと明るい声で言った。

「うむ」

景虎がうなずいたので、うのは最後に景虎の下着の紐を解いた。両腕を横に広げた景虎から、その体を包む最後の着衣を静かに剥ぎ取る。

すると、薄暗い小屋の中に、景虎の白い裸身が浮かび上がった。すっきりと引き締まり、均整の取れた美しい裸体である。見慣れぬものではなかったが、うのは思わず目を細めて、視線を落とした。

一方、景虎の方は別段、恥ずかしげな様子もなく、髪を覆う白い布以外には何も身に着けぬ姿で、堂々と小屋を出ると、鉱泉の溜池に近付いて行った。

景虎の下着を手にしたまま、うのも小屋の外へ出て、景虎が鉱泉に浸かるのを見届けた。それから、うのは小屋へ戻ると、景虎の着衣の片づけをし、水浴びの後に身に着ける着物の用意をして、ほっと一息ついた。

直江家の家臣たちは、この鉱泉の見える場所で、ひそかに警護をしてくれているはずだ。今夜の宿をどうするか、後で彼らに連絡を取らなければならない。

そんなことを思っているうちに、うのはふっと眠気に襲われ、欠伸《あくび》をかみ殺した。今日は朝からずっと歩きづめである。景虎が寝入っている時にも、警護役のうのは常に緊張を解くことができなかった。疲れていないわけがない。

うつらうつらしかけるのを我慢していたうのの体が、とうとう小屋の壁にもたれかかった。ほどなくして、その口から規則正しい寝息が漏れ始めた時、小屋の戸が静かに開いた。


その時、景虎は鉱泉の水に浸かっていた。自然の中で、汁を流せるだけでも心地よいが、これが体によく傷を早く癒やす効果があるというのだから、すばらしい施設である。

景虎は鉱泉に関する知識がまったくなかったが、越後にもこのような水や湯の湧く場所が、探せばあるのではないか。合戦で傷ついた兵士たちのためにもなり、激しい労働にいそしむ民たちの病の予防にもなる。

栃尾城へ帰り次第、このことを本庄実乃に進言してみようと、景虎は思っていた。

(してみると、武田晴信という男、ただの非道な好色漢というわけでもないらしい……)

父親を他国へ追い出して実権を握り、敵として戦い葬り去った諏訪氏の女を側室にしたという武田晴信を、蛇蝎のごとく嫌っていた景虎だが、この鉱泉施設には素直に感心していた。

それに、諏訪の百姓も、晴信の統治が公平でよいと誉めていた。

それらは意外な話であったが、この信濃へ来てみなければ、分からぬことでもあった。

やはり、思い切って旅に出て来てよかったと、景虎は改めて思った。

(もし機会さえあれば、甲斐の方へも足を伸ばしてみたい)

甲斐はどちらの方角か。この暗さでは何も見えまいが、月の出てくる東の方であろう。満月に少し欠けた、柔らかな弦を描く月がまばゆいほどに明るく、この鉱泉のある雑木林を照らしている。

景虎は何気なく立ち上がって、月に顔を向けた。

立ち上がった時、大きな水しぶきの音が立ち、水滴が散った。その水しぶきの音と同時に、鉱泉の端で、もう一つの水しぶきの音が立ったことに、景虎はまるで気づかなかった。

「先客か。女子《おなご》とはめずらしいな」

小屋に背を向けていた景虎は、突然の男の声に、思わず顔を険しくして振り返った。

「誰だっ！」

その時、うのが頭に覆ってくれた布が取れ、景虎の黒髪がはらりとこぼれ落ちた。

景虎の前には、裸の男がいた。髪は結っているが、着衣は何も身に着けていない。

三十代前半くらいと見える男は、逞しい体格をしていた。

その男の前で、景虎もまた、裸身をさらしている。人に見られているという恥じらいも見せず、男の目から隠れようともしない。

ほどけた黒髪がわずかな風に、さらさらとなびいた。

滑らかな両肩から伸びた手足はすらりと長い。白磁の椀を伏せたような乳房は形よく引き締まって、その下へと続く胴回りは細くくびれている。

月光を浴びたつややかな肌は白くきらめいていた。その体からぽたりぽたりと落ちる水滴は、あたかも銀色の月の滴と見える。

男は凍りついたような表情で、瞬き一つせず、目の前の女の裸身を見つめ続けた。

「これは夢か……。俺は月の女神を見ているのか」

男の口から呟きが漏れた。

月読命《つくよみのみこと》は男神とも言われるが、女神とも言われている。そのあいまいさが、恥じらいを見せぬ清らかで神々しいまでに美しい目の前の女と重なった。

「それとも、羽衣を失くした天女なのか」

男は呟き、どこか恍惚とした眼差で、景虎の方へ手を差し伸べた。

その瞬間、景虎の中に、羞恥とも怒りともつかぬ、自分でも味わったことのない激しい感情が生まれた。

「何ゆえ、私をそんな目で見る！」

景虎は咎めるように言い、初めて男の眼差から逃れようと、鉱泉の中に身を沈めた。水しぶきが立ち、男の顔に当たった。

「あまりの美しさに、人ならぬ女神と見えたが、どうやら人間の女子のようだ」

男は我に返った様子で言った。

それから、自分もまた、ゆっくりと鉱泉の中に身を沈めた。その間も、景虎からは一度も目をそらそうとしない。

「おお、ここの水は体にしみるな」

男は独り言のように言い、それから首まで鉱泉の中に浸かると、景虎に向かってにこやかな笑顔を向けた。

景虎の方は強張った表情のまま、一言も口を利けない。

「俺がここへ来ると、いつも一人だったが、今日はついている。これほどに美しい女人に逢えるとはな」

男は上機嫌である。

調子のよい言葉を発しているが、その眼差にも声にも、いやらしさは感じられなかった。

「お、おぬしは……」

ようやく景虎の口から声が出てきた。

「おぬし――？」

男が景虎の言葉を聞きとがめた。

「いや、あなたはどこの者、いえ、どこの方なのですか」

景虎は慌てて言い直す。男は景虎の口の利き方に、それ以上こだわっている様子は見えなかった。

「俺は……まあ、信濃の者だ。今日はちと用があって、遠出をしたので、ここへ寄ってみた」

「ここへは何度も――？」

「うむ。まあ、初めてではない」

男はあいまいにそう答えた。

「そなた、名は何という？」

今度は男の方から訊いた。

「虎と……いいます」

「お虎か。これは強そうな名だ」

そう言って、声を立てて笑った男は、

「俺は……信《しん》と呼んでくれ。信濃の信だ」

どうやら本名ではないらしいが、この時の景虎はこの男の本名を知りたいとも思わなかった。

「小屋の中にいた女は、お虎の連れか」

信がそう言った時、景虎は初めてうののことを思い出した。

「あっ、うのは――。うのに何かしたのか」

思わず、景虎の声が尖《とが》る。信は心外だというように首を横に振った。

「何もしておらぬさ。気持ちよさそうに寝入っていたので、静かに入って出てきただけだ」

「何、寝ていただと――」

それで、この信とかいう男の侵入をやすやすと許してしまったというわけか。わざわざ人のいない日暮れを待った意味がない。景虎は舌打ちしたい気分であった。

「あの女、そなたの侍女か何かか」

「え、ああ、まあ……」

「侍女がいるということは、それなりの家の娘なのだろうな」

信は景虎を探るように見つめる。景虎は黙っていた。

「夫は――？　おらぬのであろうな」

「おり……ませぬ」

「許婚《いいなずけ》は――？」

畳み掛けるように、信は尋ねた。

景虎は首を横に振った。

「そうか。それはよかった」

信は喜びの声を上げると、両手を急に上へ振り上げ、白い歯を見せて笑った。それから、仰天して目を見張っている景虎に向かい、両手を差し伸べるようにすると、

「さあ、こちらへ来い」

と、いきなり言う。

景虎には信が何を求めているのか、さっぱり分からなかった。すると、ただ茫然としている景虎に焦《じ》れたのか、

「そなたが来ないのであれば、俺がそちらへ行くぞ」

と言い、鉱泉の中を膝立ちになって、景虎の方へ近付いて来る。

信が両腕を広げ、抱え込むように近付いて来るのを見ると、景虎は金縛りに遭《あ》ったように動けなくなった。

その景虎の肩に、信の両手ががしりとかけられた。

「よかった……。触れた途端、雲か霞のごとく消えてしまうのではないかと恐れていたが……」

景虎を離すまいとするかのように、信の手の力はしだいに強くなってゆく。

「見れば見るほど美しいな。そなたは……」

景虎の顔を、吐く息もかかりそうなほど間近でじっと見つめながら、信は感にたえない様子で呟いた。

その時には、信は広げていた腕を景虎の肩に回し、景虎の上半身は男に抱きかかえられたような形になっていた。どういうわけか、景虎は抵抗一つできない。

(男の肩とは、男の胸とは、これほど大きくて広いものだったのか)

それに比べて、女である自分の肩の何と貧弱なことか。

よくもまあ、これまで男と称して、誰も疑わなかったものだと、不思議にさえ思われてくる。

まさか、誰もが皆気づいていて、景虎の前でだけは気づかぬ振りをしていたのではないか。そんな疑念さえ、芽生えてくるのだった。

「そなたのように美しい女人は初めて見たぞ」

信は口先ばかりでもない様子で言う。その眼差は景虎の顔に、水の中に揺らめく胸元に吸い寄せられていた。

「美しい……。私が――?」

景虎は震える声で、問いただす。

うつむいた途端、水面に自分の像が映った。景虎は一瞬、初めて母の介添えで女人の格好をした時の自分を思い出した。

「人に、言われたことはないのか」

意外そうな口ぶりで、信が訊き返した。

「いいえ、ありませぬ」

「それは、周りの男どもの目が節穴だったからだ。いや、人ならぬ神々しい美しさゆえ、口にするのも憚られたのだろう。間違いなくそなたは美しい女人だ。何もかもが美しい」

そう言いながら、景虎を抱く信の両腕には力がこめられていった。

水の中で互いの肌がぴったりと重なり合う。冷たい鉱泉の水に浸かっているというのに、肌が火照ったように熱い。そのうち、太腿の辺りに、灼熱の硬いものが押し当てられた。その瞬間、景虎は全身が痺れたようになり、寒いわけでもないのに体が震え出してしまう。

「いかんな」

やがて、信の腕の力が急に弱まっていった。水の入る隙間もなく、押し付けられていた男の肌がゆっくりと、名残惜しそうに離れてゆく。

それでもなお、手だけは女の肩に置いたまま、困惑しきった表情で、信は景虎の顔を見つめていた。

「このままでは、そなたを連れ去ってしまいたくなる」

信の強い眼差が、景虎の目をじっとのぞき込んだ。

「しかし、よい家の娘をいきなり連れ去るわけにもいくまい。だが、覚えていてくれ。俺はそなたに惚れた」

信はきっぱりとした口調で言った。

「今日は、これ以上長居はできぬが、またここで逢ってほしい」

景虎は目を見張ったまま、返事ができなかった。信はかまわずに続ける。

「俺はそなたが欲しいのだ。いや、どうあっても手に入れてみせる。無論、そなたの親にもしかと挨拶に行こう。だから、もう一度、ここで逢ってくれ。お虎よ」

信の声には痛切な響きがこもっていた。

それを聞いてもなお、景虎の口から言葉は出てこない。

それはできないと、一言言えばよいのだ。実際、景虎がこの毒沢の湯へ出向いてくることは二度とないだろう。

それなのに、男の切実な真情を、目の前に差し出された時、景虎は何も言えなかった。こんなふうに、誰かから思いの丈をぶつけられたのは初めてのことであった。父はともかく、母も姉も景虎を愛してはくれたが、このように裸の感情を丸ごとぶつけられたことは一度もない。

「頼む、お虎よ」

信は最後に言い、景虎を鉱泉の水の中で、思い切り抱き締めた。水しぶきが飛び、景虎の顔にかかる。

景虎を抱く男の胸は広くて厚く、両腕は太く逞しかった。それもまた、景虎には知らぬことであった。

信はそれ以上の時間が許さなかったのか、景虎の返事を聞かぬまま、振り切るように景虎から離れると、鉱泉から上がった。その後は振り返りもせず、小屋の方へ歩いて行く。

裸の男の後ろ姿が、明るい月光の下、かすんで見える。

どういうわけか、景虎の両目からは不意に涙があふれ出していた。

四章　春日山城へ

一

みゃあ、と甘えた声を出して、白猫のトラが鳴く。足下にまとわり付くトラを、うのは「しっ」と人差し指を唇に当てて叱った。

うのは心配そうな眼差を、障子の向こうの景虎に向けた。障子はほんの少し開けられており、そこから景虎の様子をうかがっているのである。

別に、景虎がうのに来るなと言ったわけではない。

しかし、うのが傍らにいてもいなくても、景虎はいつも一人で思いに沈んでいるのだ。写経をしていても、琵琶を弾いていても、酒を飲んでいても、景虎の頭の中にうのはいない。

話しかけたところで、まともな返事が返ってこないことが何度も続いて、さすがにうのも景虎の傍らに侍ることを遠慮するようになった。

（景虎さまは変わってしまわれた……）

あの信濃への旅から帰って以来のことである。

そして、旅先で何があったのか、うのはおおよそのことを察していた。

(私がうっかり寝入ってしまわなければ――)

あの時のことを思うと、うのは歯噛みしたいような気持ちになる。

ついうとうととして、一人の男の侵入を許してしまった。男は景虎が浸かっている毒沢の鉱泉に図々しく入って行き、そして、好色めいた言葉で景虎を誘惑したのだ。

その時には、うのは眠りから覚めており、景虎の様子が心配で、こっそりと外の様子をうかがっていた。二人の会話のすべてが聞き取れたわけではないが、信という男の声はよく通って聞こえてきた。男は景虎を手に入れるなどと、ふざけたことを抜かした上、再びあの毒沢で逢おうと景虎に迫ったのだ。

うのは景虎が男を手厳しく拒絶すると思った。

景虎の声は聞こえなかったのだが、少なくとも拒絶したのでない様子は伝わってきた。

万一、男がそれ以上の不埒な行いに及べば、うのは護身用に持っていた刀で、男を刺すつもりであったが、男はそのまま水から上がり、去って行った。

その後もしばらくの間、景虎は水から上がってこなかった。

うのは何事も知らぬ様子で、小屋へ戻り、景虎を待ったが、ついにそれから半刻後、うのが迎えに行くまで、景虎はずっと鉱泉の水に浸かっていたのだ。

「こんなに冷えてしまっては、かえって体によくございませんでしょう」

うのは慌てて景虎を小屋へ連れ戻し、用意していた新しい下着と小袖に着替えさせたが、その間も景虎は一言も口を利かなかった。

（景虎さまは、まさか、あの男に恋を――？）

そう想像すると、居ても立ってもいられなくなる。

（あの時、男を殺してやればよかった……）

うのは感情の突き上げるままにそう思い、そんな激しいことを考えた自分に驚愕した。

（私は……一体、どうしてしまったのか。こんなことでは、景虎さまにお仕えすることができない。私はただ、景虎さまがずっと変わらないでいてくださればいいと、そのことしか願わなかったというのに――）

どうして、景虎は変わってしまったのか。そして、自分もまた、変わってしまったのか。

うのにはそのことが苦しくてならなかった。

景虎とうのの心に変化が起こった天文十五（一五四六）年の夏から、しばらくすると、越後国内は再び騒がしくなり始めた。

この年の二月、景虎が黒田秀忠の謀叛を鎮めたことがきっかけで、景虎の支持者が発言力を強めている。その筆頭は、景虎の伯父で、栖吉城主の長尾景信であった。無論、栃尾城主の本庄実乃や三条城主の山吉政久、うのの父直江実綱なども景虎支持派である。

さらに、本庄実乃は景虎の軍師として、自分一人では心許ないと言い、琵琶島城主の宇佐美定満《うさみさだみつ》を招いた。宇佐美定満は景虎の戦術指南を引き受け、景虎側に付いたも同然となる。

こうした越後国内を二分する動きは、天文十七年が明けると、いっそう活発化してきた。

この年、景虎は十九歳になっている。一方、兄晴景には跡継ぎの男子がなく、そのことも彼らを勢いづかせている。

「晴景殿にはご隠居いただき、景虎さまに越後守護代になっていただこう」

というのが、景虎支持派の主張であった。

一方、晴景を支持する家臣らもいた。

筆頭は、それまで晴景に反抗的だった上田の長尾政景であった。綾の夫である。

政景は晴景が春日山城の主となって以来、守護上杉定実に付き、常に晴景を脅かす存在だった。しかし、晴景と景虎支持派の対立が深まり、上杉定実が長尾家の内紛に関与せずと表明してからは、自らの立場を決めねばならなくなった。

「あの男は、ただ自分が実権を握りたいだけよ。景虎殿にはわしらが付いておるゆえ、自分の出番がないと踏み、晴景殿支持に回ったんじゃろう」

と、長尾景信などは忌々しげに言う。

いずれにしても、晴景派の筆頭は長尾政景となった。

景虎は兄と姉の夫を、敵に回す形になったのである。

この時、景虎の実母である青岩院は、景虎の許ではなく、継子である晴景の春日山城にいる。青岩院自身がいずれの味方をしているわけではないが、もしも合戦ということになれば、青岩院は晴景によって人質に取られるおそれがある。

「青岩院さまを内密に、春日山城からお移しいたすべきではないのか」

長尾景信は早くも、そうした心配を始めていた。

景虎のいる栃尾城に、支持派の武将たちが集まる機会は増え、長尾景信などは十日と空けず、栃尾城にやって来るようになった。

景虎自身がそうした席に呼ばれることもあったが、景虎はこうした動きにむしろ冷淡であった。

「伯父上」

支持派の武将たちの中でも、特に熱くなっている伯父の長尾景信に対し、

「私は、春日山城の兄上と戦うつもりはございませぬし、守護代の座を欲してはおりませぬ」

たしなめるように景虎は言う。

「されど、今の御館さまに、越後の将来をお任せするわけにはいかんのじゃ。これまで我慢してお仕えしてきたが、先の黒田秀忠の乱を治めることもおできにはならぬ。弟君お二人をむざむざ死なせるような御館さまに、わしらは付いていくことができんのじゃ」

景信は景信で、自分たち家臣の立場を切々と訴える。無論、景虎が何と言おうと、己の主張を曲げるつもりなど、景信にはなかった。

「されど、我ら家臣がお支えすればよいではありませぬか」

「景虎殿よ。そなたは御館さまの家臣ではなく、弟じゃ。まして、我が古志長尾氏の血も引いておる。その上、これまでの戦は連戦連勝。そなたが守護代の座に就いてくれれば、この越後も平穏になる」

「この私に、兄上と戦えとおっしゃるのですか。実の兄に刃を向けよ、と――」

「何も、晴景殿を殺せと申しているわけではない。晴景殿が納得してくだされば、ご隠居をお勧めすればよいだけのこと。場合によっては、他国へお移り願えばよい」

「それでは、父親を他国へ追い出して、国主の座に就いた甲斐の武田晴信と、同じではありませぬか」

景虎は嫌悪に眉をひそめて言った。

「確かに、父親を追い出した武田晴信は、世間の非難を浴びもしたじゃろう。しかし、あの折は、父か息子のいずれかが国を出なければ、収拾がつかぬ状況だったと聞く。殺し合いにならなかっただけましというものじゃ。その上、武田晴信はその後、甲斐を無事に治めておる。今では晴信を非難する者はおらんじゃろう」

「私は嫌です！」

景虎は叫ぶように言った。

「私は武田晴信とは違う。私は断じて、兄上とは戦いませぬ」

それだけ言うと、景虎は伯父の長尾景信、栃尾城主の本庄実乃らのあっけに取られた顔を尻目に、さっさと席を立ってしまった。

「何ともまあ、強情なことよ」

景虎が立って行った後の席で、景信が苦々しげに呟いた。

「まだお若いのですから、致し方ありますまい。何より、景虎殿は義を重んじるお方ゆえ——」

本庄実乃が慰めるように言う。

「いや、あれは若いというだけではあるまい」

景信は苦々しげに呟いた。

あれは女人であるがゆえの、融通の利かぬ潔癖さなのだ。肉親の血を見るのを嫌う女ゆえの弱さなのだ。

(やはり、女子には無理な話か)

無論、その言葉は口には出さない。

しかし、景信にはもう、景虎より他に持ち出すべき駒がなかった。

晴景に息子はなく、弟たち二人は死んだ。晴景を操ることも考えぬではなかったが、晴景はすでに上田の長尾政景が牛耳っていることだろう。

(景虎殿が何を思おうが……)

守護代の座には就いてもらわねばならぬ。

景信は大きな体を揺らして居住まいを正すと、本庄実乃や山吉政久などを相手に、今後の対策を練り始めた。


その頃、景虎はうのの待つ自分の居室へ戻っていた。

「何かございましたか」

景虎の機嫌が悪いのを見て、うのが遠慮がちに尋ねた。

今、越後国内で起きている長尾守護代家の内紛は、うのも知っている。うのの父直江実綱は景虎擁立派の一人であった。

そして、景虎自身がそうした動きを嫌っていることも承知していた。

「男は皆、野心家だ！」

うのの問いかけに答えるというでもなく、景虎は吐き捨てるように言った。

意味が分からないので、うのは黙っている。

「我が父上もそうであったし、栖吉の伯父上も上田の義兄長尾政景もそうだ。武田晴信もまたしかり。私は男どものそういう野心が嫌いだ。吐き気がするほど忌まわしく思うこともある」

怒りをぶちまけるといった様子で、景虎は一気に言った。

こんなふうに、感情を露《あらわ》にすることも、昔の景虎にはなかったことだ。何があっても冷静に振舞う景虎が、むしろ不自然なくらい大人に見えて、うのを驚かせていたのである。

しかし、心の不安定な今の景虎は、うのの目にも年相応に映っていた。

こんなふうに変わったのも、あの信濃で出会った信という男のせいなのか。そう思うと、うのの心はきりきりと痛む。

「男というものは、何ゆえ、己の持てるもので満足しないのだろう」

理解に苦しむといった様子で、顔をしかめながら、景虎が言う。しかし、その激情はしだいに収まりつつあった。

「唯一、そうでない男は私が知る限り、春日山城の兄上だけだ」

やがて、いつもの静かな物言いに戻って、景虎は呟くように言った。

「私はそんな兄上が好きだ。だから、いつでも兄上のお役に立ちたかった。それなのに、皆は兄上が頼りにならぬと言う。兄上がおできにならぬことは、この景虎が何もして差し上げようと思っておるというのに……」

「景虎さま……」

うのはたまらなくなって、口を開いていた。

「景虎さまのお志はしかと父に伝えます。それで状況が変わるかどうかは、分かりませぬが……」

少しでも、景虎の心を和らげたくて、うのはそう言っていた。

景虎はうのに向かって、かすかにうなずいてみせた。しかし、その表情は少しの効果も期待しているようではなかった。

二

天文十七年も冬に入ると、もはや晴景の力では景虎擁立派の武将たちを抑えきれなくなっていた。栖吉城主の長尾景信などは、ひそかに兵を集めているという噂もあり、こうなると、晴景や景虎の意志にはかかわりなく、合戦の火蓋が切られ、否応なくその総帥にまつり上げられてしまう。

「我らも兵を集めねばなりませぬぞ」

長尾政景が、白皙の顔を険しくして、晴景に言う。

近頃は、自らの居城である坂戸城に戻ることもなく、春日山城に居座り続けているのだ。

政景はまだ若いが武功もあり、本人も一流の武人だと思っている節が強いのだが、外見はひどく優しげな男である。顔もどちらかというと公家ふうで、細くつり上がった目が特徴的であった。その目が、過激な発言をする時にはいっそうつり上がり、強い光を帯びる。

その上、立場上は晴景の家臣でありながら、ひどく高圧的な物言いをするのである。しかも、本人はそれが無礼に当たるとは気づいていないようだ。

おそらく、守護上杉定実の許でもそうだったのだろう。そう思うと、晴景は上杉定実が少し気の毒に思えてきた。

（綾も苦労しているのではないか）

傍目には美男美女の似合いの夫婦だが、綾はこの夫に振り回されてきたに違いない。嫁いで以来、綾が春日山城の青岩院や晴景に、泣き言を言ってきたことは一度もないが、それだけに晴景は妹が不憫に思われてならなかった。

（本来ならば、守護代の妹として家臣に嫁いだ身。大事な嫁として、大きな顔ができたものを――）

自分が不甲斐ないばかりに、綾に申し訳ないことをしてしまった。

だが、晴景がそんなことを考えているとも知らず、

「ただ今、中立の守護上杉公や揚北衆が、景虎殿に付いては厄介です。何とか、彼らをこちらへ取り込めるような策はござらぬか」

と、政景は切り込むように尋ねる。

晴景はやや肉のついた丸顔を、緩慢に横に振った。そうした所作が、政景にはじれったく見えるようだ。

「何でもよい。景虎殿の弱みとなるようなことがあれば――」

景虎擁立派の強みは、景虎が初陣以来、戦勝を続けてきたことであり、兄景房らを

殺した黒田秀忠を討ち取った功績である。それを一気に打ち破るような景虎の弱みがあれば、彼らを突き崩せると、政景は言う。

（景虎の弱み――。あれが女人であることを知れば、この男はどんな顔をするのか）

晴景は政景の野心にみなぎった顔を見つめながら、ふとそんな想像をした。

政景は景虎の秘密を知らない。無論、綾は明かしていないだろうし、秘密を知り得る機会もなかっただろう。

「ないのであれば、作るしかないか」

晴景が黙り込んでしまったためか、政景は独り言のように言った。

「何だと――」

聞きとがめて、晴景が問う。

「何でもよいから、景虎殿の評判を落とすような噂を撒《ま》くのです。侍女を妊娠させて捨てたでもよいし、家臣の人妻を奪ったでもいい」

例として持ち出した話の下劣さに、晴景はこの義弟をひそかに軽蔑した。

「馬鹿な！　あれは、生涯不犯の誓いを立てていて、その手の話が偽りだとはすぐにばれる」

「ならば、残忍な心を持っているゆえに、幼い頃から父君に嫌われていたというのはいかがか。そもそも、景虎殿が為景殿に嫌われていたのは事実なのでござろう」

綾から聞いたものか、政景はそんなことを言い出す。

「しかし、残忍な心とは……」

「まんざら嘘でもございますまい。実際、景虎殿は裏切り者を、問答無用に斬り捨てたというではございませぬか」

その話が事実であることは、晴景も知っている。それゆえに、景虎が家臣たちの間で、恐れられていたことも——。

(もはや、景虎が越後守護代となるのは避けられぬことだ)

すでに、晴景はそう考えている。

そして、この上は、できるだけ穏便に事を解決したい。

だが、政景の企みによって、景虎のよからぬ噂が越後国内を駆け巡るようなことになっては、その後の越後の統治に差し支えることにもなろう。

それに、このまま政景を放置しておけば、この男は決して知られてはならぬ景虎の秘密をも嗅ぎつけてしまうかもしれない。そのくらいの執念深さがこの男にはある。

(もはや、私が決断せねばならぬ時だ)

晴景は一人静かに心を決めた。

それから間もない十一月のある日、晴景は同じ春日山城内に暮らす継母青岩院を訪ねた。

綾も景虎も去った後は、城を出て、城下の尼寺に移りたいという青岩院に、どうか城に留まってほしいと願ったのは、晴景である。

この古志長尾家の血を引く継母の存在が、景虎を擁する勢力との緩衝になってくれると考えてのことであった。

実際、それは狙い通りの効果を、ある程度は発揮してくれたはずだ。

しかし、もはや事態は青岩院の存在一つでは、解決できないところまで進んでしまっている。

「継母上――」

晴景は青岩院の前に手をついて言った。

「それがしは決断いたしました。正式に、長尾家の家督を景虎に譲りたいと存じます」

「御館さま……」

青岩院は義理の子をそう呼び、それ以上、何も言わなかった。

「ついては、守護上杉定実公に調停役をお頼みせんと考えます。綾の婚儀の折、継母上のご提案で、上杉公に調停を願い出ました時のごとく――」

晴景は続けて言った。口ぶりは明瞭で、もはや迷いは感じられなかった。しかし、

それでもなお、

「まことにそれでよいのですか」

と、青岩院は念を押さずにはいられなかった。

もはや自分は出家の身――と、この度の家督相続問題からは距離を置いていた青岩院である。しかし、晴景と景虎が刃を交えて戦うというのは、耐えがたい話であった。

「もう決めたことでございます。それがしには守護代への未練はもはやございませぬ」

さばさばした口調で、晴景は答えた。

「されど、晴景殿が跡を継がれることは、亡き為景殿のお考えでもあったのに……」

為景は早いうちに晴景を跡継ぎと決め、晴景にその器量が乏しいと分かってからも、その方針を変えなかった。後々に禍根を残すことになるのを恐れたのであろう。

仮に、青岩院の産んだ景虎が男子であったとしても、それを変えるつもりがなかったことは、青岩院もよく知っている。

青岩院はそのことを指摘したのだが、晴景はあきらめきった様子で首を横に振った。

「景虎が生まれる時、毘沙門天の化身であるという予知夢を、誰よりも喜んだのは父上でした。当時、父上はそれがしが越後を治めることに、不安を抱いておられたのでしょう。だから、強い弟が生まれることを望まれたのです」

「されど、御館さまもご存知のとおり、景虎殿は……」

言いかけた青岩院の言葉を、晴景は遮って続けた。

「父上は予知夢が外れたと思い、景虎を疎んじておられましたが、私は今では、継母上の夢は真実であったと信じております。景虎こそ、越後を救う毘沙門天に相違ございませぬ」

「晴景殿……」

青岩院は義理の子の名を呼び、声をつまらせた。

「どうか、その言葉を景虎自身に伝えてやってください」

そう言って、青岩院は晴景の前に両手をついた。


やがて、守護上杉定実が調停に乗り出すことによって、越後の内紛は合戦にまで発展することなく解決を見た。

天文十七年十二月、景虎は正式に兄晴景の養子となり、その後を継いで、越後守護代の座に就いたのである。

栃尾城から、景虎は生まれ育った春日山城へ戻ってきた。

それを物見櫓で迎えたのは、晴景であった。

三

その日、春日山城では主だった重臣たちが皆招かれ、晴景の養子となった景虎の正式な披露目《ひろめ》が行われた。その後には、宴の席が設けられている。

重臣たちの中には、景虎の伯父長尾景信をはじめ、綾の夫長尾政景、うのの父直江実綱もいる。

これまで敵味方と分かれていた家臣たちを、景虎の下、一つにまとめようという狙いであった。

無論、この成行きに上機嫌の者もいれば、大いに不満を隠せない政景のような者もいる。しかし、守護の上杉定実が調停に入った以上、もはや誰も異議申し立てはできなかった。

「これよりは、我が養子となった景虎に、長尾家家督と越後守護代職を譲ることとする。皆も景虎を守り立ててやってほしい」

晴景は広間に集まった重臣たちを前に、正式に景虎を養子として披露した。

「特に、我が家と同じ長尾氏の血を受け継ぐ古志の景信と、上田の政景は、景虎を支える両翼となってくれるだろう。また、両家はかまえて反目することなどあってはならぬ」

晴景は最前列に並んで座っている景信と政景に、改めて命じた。

「ははっ――」

景信は神妙に頭をトげている。

これまで、景信が晴景に対し、これほどかしこまった態度を見せたことはない。何より、晴景を守護代の座から引きずり下ろそうとした一派の束ね役だったのである。

しかし、晴景は怨みがましい様子はいっさい見せぬし、景信もさすがに今は晴景を侮った態度は取らない。ここは、おとなしく景虎に地位を譲ってくれた晴景に対し、敬意を払おうというのだろう。

一方、その傍らに座す政景は、晴景と目を合わせようともせず、返事もしない。あらぬ虚空の一点を睨むように見据え、畳の上に置かれた拳を固く握り締めている。

（これが、姉上の夫の政景か）

景虎は晴景の傍らで、義兄を観察した。

二人が結婚した時は、綾が坂戸城へ輿入れし、婚礼の儀式もそちらで行われた。そのため、春日山城にいた景虎は、婚儀には参列していない。また、その後は景虎が春日山城を出てしまったため、この時まで政景と顔を合わせることはなかった。

（優しげな外見をしてはいるが……）

景虎は政景に対し、遠慮のない視線を向け、観察を続けた。義兄とはいえ、これから先は景虎の臣下となる男である。景虎が無礼をとがめられることはない。

その時、景虎の視線に気づいたのか、政景がわずかに首を動かして、景虎の方を向いた。

二人の視線が初めてぶつかり合う。

政景の眼差は、その外見に似ず、激しいものであった。身内からこみ上げてくる熱い野心と、晴景や景虎への憎悪を隠そうともしない。そして、政景は激しい視線で、景虎をねじ伏せてこようとする。

景虎はまったく怯むことなく、その政景を睨み返した。

（父上と同じ、伯父上と同じ目をしている）

景虎の心に、苦い思いが生まれていた。

（姉上は、このような男に嫁がれたのか――）

喜ばしい思いは湧いてこない。姉のこれまでとこれからのことを思うと、むしろ、暗澹とした気持ちばかりが湧き上がってくるのだ。

（姉上は一生、この男に縛られ、この男の傍を離れることができない。それで、姉上はお幸せなのか）

嫁いで以来、顔を合わせたことのない綾の身が案じられた。

その時、ふと母青岩院の顔が、面影の中の綾に重なって浮かんできた。

(母上もまた、父上のような男に嫁がれて、果たしてお幸せだったのだろうか)

これまで母をそのような目で見たことはなかったが、長尾本家に嫁いで期待された男子を産むことができず、気苦労が絶えなかったはずだ。それでも、母が己の運命を嘆く言葉を口にすることはなかった。

それは、母が強いからだ。おそらく、母に似て強い姉も、自分の運命を嘆いたりはするまい。そして、

(私とて、この運命を嘆いてなどはいない)

景虎は続けてそう思った。

むしろ、母や姉のように、男に嫁がされ、子を産む道具と扱われ、その野心に振り回される人生を強いられたら、その時こそ、運命を嘆いたかもしれない。

(私は、これでよかった――)

と、景虎は今、改めてそう思った。

その時、ふと、ある男の面影がよみがえった。それは、それまで景虎の心を占めていた母と姉の面影を吹き飛ばしてしまった。

――お虎。

面影の中の若くたくましい男が、景虎にそう呼びかけてくる。

──まことに、そなたはそれでよいのか。そなたが男の道を選んでしまえば、そなたは決して俺の妻になれないのだぞ。

(何を馬鹿な──)

景虎は信と名乗っていた男に、胸の中で激しく抗議する。

(私は初めから、誰かの妻になる人生など考えてもいない)

──そんなはずはない。まことのそなたは、とても女らしいはずだ。

(何を言うか。私は毘沙門天の申し子ぞ。今、それを己の天命と言い切ることはできぬが、いつかその確信を得られる日が来るはずだ。こうして、私が春日山城の主となったのも、毘沙門天のご意向によるもの)

──女子の身で無理をすることはない。女子とは、男に守られて生きていくものだ。

(違う！　私はふつうの女子とは違うのだ！)

胸の中で、激しくそう叫んだ時、

「景虎殿」

と、傍らから呼びかける兄晴景の声が、景虎の夢想を打ち破った。

「は、何でございましょうか」

動揺を押し殺して、景虎が応じる。

「知っての通り、この長尾政景は我らが姉妹である綾の夫。これまでは、この長尾宗家の家督争いに関し、景虎殿と因縁もあったろう。されど、我らは同じ長尾の血を引く者同士であり、さらに縁戚でもある。ゆえに過去の因縁は忘れ、これよりは政景を、古志の景信殿と同じに思うように――」

晴景の言葉に、景信がごほんごほんと、わざとらしい咳を漏らす。

自分と政景を同列に扱われたことが、明らかに不満なのだ。

しかし、晴景の言葉は正論だった。

「しかと胸に刻みまする」

景虎は晴景に向かって頭を下げた。

「では、景虎殿から政景に、言葉をおかけなさるがよい」

晴景が景虎にそう勧める。景虎はうなずき、再び政景と目を合わせた。その眼差は先ほどと変わることなく、野心と憎悪に燃え上がっている。

「政景殿――」

景虎は義兄のことをそう呼んだ。

「これよりは、この景虎のため、長尾家一門として力を尽くしてくだされ」

丁重な物言いである。しかし、その時、景虎は政景に向けた視線に力をこめた。景虎をねじ伏せようとする政景の視線を、逆にねじ伏せんとするほどの強い視線である。

政景もまた、景虎を睨み返した。が、公式の場において、立場の強さは歴然としている。いつまでも、次代の主君となるべき景虎に対し、不服従の態度を貫くことは、政景にもできなかった。

「は――」

政景は先に、景虎から視線をそらした。

重臣たちの手前、一応、頭を下げはしたものの、それが形ばかりであることは見た目にも明らかだった。その内心の不満は、再び景虎に向けられた視線からも察せられる。

政景の表情が変わっていないことを見届けるや、景虎は突然、態度を変えた。

「政景殿」

その声は先ほどよりも低く、不穏な響きが宿っている。

「姉上は私にとって大切な肉親である。政景殿におかれては、姉上を苦しませるようなことのなきよう、常に心していただきたい」

景虎は冷たい無表情で言い放った。

政景の表情が、この時初めて変わった。

(侮れない……)

景虎のことを、そう認識したのであろう。

政景はこれまで晴景のことを侮り続け、自分の思い通りに操ろうとしてきた。景虎が当主となってしまったことは、政景にとって不服であるものの、景虎は若い。それだけに、まだ自分の出る幕はあるとあきらめていなかったし、景虎を侮ってもいた。

だが、これからはそうはいかなくなる。

綾を苦しめるということは、つまり、綾を政景と景虎の間で板ばさみにすることであり、政景が景虎に背くことを意味していた。景虎は政景に謀叛を起こすなと言ったのである。

凄みさえ感じさせるその物言いに、政景以外の重臣たちの表情さえ強張っている。

その中で、古志の景信だけは顎鬚を撫ぜながら、満足そうな笑みを浮かべていた。

若いが、決して侮れない——この政景とのやり取りで、景虎は重臣たちにそう感じさせることに成功したのであった。


重臣たちへの景虎の披露目の後は、広間はそのまま宴の席となった。

そして、祝宴も果ててしまうと、城下に邸を持つ者たちは城を下がり、持たぬ者たちはそれぞれ宛がわれた宿所へ下がって行った。

それから、晴景と景虎は二人きりで、宵のひと時を過ごすことになった。直角になる形で座した二人の前には、それぞれ膳が用意されている。

景虎は晴景の杯に酒を注いだ。それを受けて、

「そなたならば、無事にやっていけるだろう」

と、晴景は肩の荷を下ろした様子で言った。

「兄上――」

景虎は自らの前に置かれた膳を横へどけると、床に手をついて晴景に頭を下げた。

「このような仕儀に相成り、何と申し上げてよいのか。兄上に対し、不義を働くようなことになり、まことに申し訳なく……」

「そのように言うな。わしの不甲斐なさが招いたことじゃ。そなたが余計な気を遣うことはない」

晴景は優しい声で言う。

景虎は顔を上げて、年の離れた長兄を見つめた。晴景は景虎より二十歳近くも年上で、もはや初老にさしかかっている。

「これから先は、書や和歌を楽しむつもりだ。若い頃は大して面白いとも思わなんだが、この年になると、風流を楽しみたくなってくる」

晴景はそんなことを言う。

「私は……兄上のことが本当に好きでした」

景虎は思い切った様子で言った。晴景は手にしていた杯を置き、景虎にじっと目を当てている。

「父上や伯父上のように、野心の塊のような男を、私はどうしても好きになることができなくて……。しかし、兄上だけは違っていた。だから、私は兄上を心からお慕いしておりました」

景虎は本心から言った。その真情のこもった言葉を聞き終えると、

「そうか。景虎は女子であったのだな」

忘れていたことを今、ふと思い出したといった様子で、晴景は呟くように言った。

「そなたがそのように申すのは、そなたが女子だからだ。男子ならば、そうは思わぬ」

晴景は寂しそうな口ぶりで続けた。

「どういう意味でございますか」

「男とは強きをよしとし、野心を抱く生き物のことだ。強く生まれた者は己を誇り、強くなれなんだ者は強き男をうらやむのだ。景虎よ、わしも男だ。強くは生まれなんだが、そうありたいとは願うた。そして、強くあることが叶えば、わしとて野心を持った」

「そんなはずはない。兄上は父上や伯父上とは違う！」

景虎はむきになって言う。そんな景虎の様子を、晴景は心底から申し訳なさそうな眼差で見つめた。

「違わぬ。そなたはまこと、女子なのだな」

そう言って、晴景は自らも膳を脇へどけると、丸く肥えた体を動かして、景虎の前へ座り直した。

「そなたには男子の心は分からぬ。だが、それでよい」

晴景は優しく言うと、先ほどから床につけたままの景虎の手を取った。

「決して忘れていたわけではないのだ。だが、そなたが春日山城を出て以来、その見事な勝利を聞く度ごとに、わしはそなたがまことは男子なのではないかと、錯覚に陥っていた。そなたを当主にと望む家臣どもの声が聞こえてきた時も、それも当然だと思ってしまった。そなたが女子として育っておれば、起こるはずもない声であったにもかかわらずな」

「兄上……」

「済まぬ。わしはそなたに、とても重い荷を背負わせてしもうた。だが、わしは今になってやっと気づいた。そなたの強さは、わしが考えていた強さとは違うのだ、と――」

晴景の目はいつになく明るい光を帯びている。晴景は困惑した顔つきの景虎を、頼もしげに見つめた。

「どういう意味でございますか」

「そなたの強さは、世の男たちに見られるような強さとは別の、女人の強さなのだ。それはこの越後を、他国とはまた違う強い国にしてくれるやもしれぬ。いや、必ずそうしてくれると、わしは信じておる。景虎よ、他の誰が信じずとも、いや、そなた自身が信じずとも、わしはそなたが毘沙門天の化身だと信じておるぞ」

晴景は確信に満ちた声で、力強く言った。

四十年にわたる人生で、晴景がこれほど自信に満ちた言葉を吐いたことはなかったかもしれない。

翌日、晴景は春日山城を出て、城下にある隠居所へ移って行った。

四

景虎が春日山城の主、越後守護代となって一年余が過ぎた。

天文十九年二月、長尾家と深い関わりを持ち続けた守護上杉定実が死去した。その正室は景虎の叔母であったが、跡継ぎの男子はいない。

これより前、上杉定実は為景の死後、縁戚の伊達家より養子を迎えようとしたことがあった。

だが、越後国内に賛成派と反対派の対立を招いた上、伊達家周辺にも内乱が起こって、結局、失敗に終わっている。その後は跡継ぎを指名することなく、亡くなってしまった。それゆえ、定実の死により、守護上杉家は断絶してしまった。

この知らせを聞いた京の将軍足利義輝《よしてる》は、守護代の長尾景虎に文字通り、守護の代理を務めるよう命じ、景虎は越後の実質的な統治権を得ることになる。

これによって景虎の力は強まり、分裂していた越後国内もようやく一つにまとまるかと見えた。

しかし、そうした景虎に反撥の度を強めていった者がいる。

綾の夫で、上田長尾家当主、長尾政景であった。

政景の居城である坂戸城は越後の南に位置し、信濃・上野《こうずけ》との国境付近にある。寺泊から中山道の高崎へ至る三国街道を見下ろす要衝を占めていた。

当然ながら、政景の去就は越後国内の統治に、大きく影響する。

その政景がこの年の十二月、景虎に謀叛を表明し、坂戸城に立てこもった。

綾は当然、この坂戸城に居住しており、政景と共にいる。

「おのれ、政景。よくも私の姉上を人質に取ってくれたな」

知らせを聞くなり、景虎は激怒した。

綾がどういう経緯で坂戸城にいるのか、その事情は分からない。すでに坂戸城と外部との接触は断たれていたし、もしかしたら、綾は自らの意志で夫に従ったかもしれないのだ。

しかし、景虎はすべて政景が仕組んだことだと決めつけた。

「あやつが姉上を閉じこめ、坂戸城から逃げられぬようにしたに違いない。断じて許さぬ。城を落とした暁には、この私があやつの首を刎《はね》てくれるわ」

景虎の怒りは激しい。

かつて、幼い頃は感情をほとんど表に出さぬ景虎であったが、城主となってからは怒りを表に出すことが多くなった。

「これはいかぬ」

景虎の怒りがあまりに深いことを憂えたのは、家臣たちである。特に、うのの父である直江実綱は事の成行きを案じ、青岩院に相談をした。

「今はまだ雪が深いゆえ、坂戸城を攻めることができませんが、春になり次第、御館さまは兵を動かすおつもりです。まず間違いなく、政景めは御館さまに敗れるでしょうが、御館さまが政景めを殺すようなことがあってはなりますまい」

それを聞いた青岩院は、景虎が春日山城主となって以来、政《まつりごと》への口出しはいっさいしていなかったが、この時ばかりは出陣前の景虎を呼び出して諭した。

開口一番、青岩院は言った。

「政景殿を死なせてはなりませぬぞ」

「それは政景次第です。あやつが降伏して頭を下げるならともかく、いつまでも抵抗を続けるのであれば、他の者に示しがつきませぬゆえ」

景虎の態度は母の前でもいつになく頑《かたく》なだった。

「政景殿の愚かさは、この母も承知しておりますが、あの者は綾の夫ではありませぬか。そなたが政景殿を殺せば、そなたはただ一人の、母を同じくする姉を失うことになるやもしれぬのですぞ」

「たとえ死んだとしても、政景の自業自得ではありませぬか。身の程をわきまえぬ野心を抱いたあの者が悪いのです。何ゆえ、姉上が私から離れてしまうとおっしゃるのですか」

景虎の言葉を聞き、青岩院は重い吐息を一つ漏らした。それから、気を取り直した様子で、

「綾は自らの意志で、政景殿と共に城へ立てこもったのだと思いますよ」

と、静かな声で告げた。

その言葉に、景虎は動揺を見せた。

「そんなはずはありませぬ。姉上が私に敵対なさるなど――」

「嫁した女子とはそういうものじゃ。そなたには分からぬやもしれぬが……」

青岩院が何気なくそう言った時、景虎の顔色はさらに変わった。

唇が蒼ざめ、ぶるぶると震えている。

「景虎殿……？」

さすがに異変に気づいて、青岩院が気遣わしげな眼差を向けた。

「母上もおっしゃるのですか。私には、分からぬ、と――」

景虎は母の顔を見ようともせず、うつむいて呻くように言う。

「何のことじゃ」

「兄上もこの春日山城を出て行く前、私におっしゃいました。女子であるそなたには、男の心は分からぬ、と――。それなのに、母上もおっしゃるのですか。男に嫁いだことのない私に、嫁いだ女子の心は分からぬ、と――」

「景虎殿！」

「ならば、私は一体、何者なのです。何も分からぬ私が何ゆえ、この越後の国主を務めねばならぬのですか」

景虎は心に任せて叫ぶように言った。そんな姿を見るのは、青岩院にしても初めてのことであった。

景虎は変わった。原因は分からないが、それは青岩院にも分かる。

（まさか、そなた。この越後国を任されたことが、そんなにも重荷となってしまったのか。許されるなら、その座を降りたいとお思いなのか）

だが、青岩院の口から、その問いかけが発せられることはなかった。

「済まぬ、虎千代――」

代わりに、青岩院の口からは、景虎の昔の呼び名が自然とこぼれ出てきた。

「そなたの気持ちも考えず、心無いことを申しましたな」

青岩院は景虎の背中を優しく撫ぜた。景虎は逆らわなかった。

「そなたは世の女子とは違う道を選んだ。そして、その道は世の男たちより苛酷な道であると、わたくしはかつて申したはず。そなたはそれを承知したはずじゃ」

「……さようにございます」

景虎の口から、傷ついたようなか細い声が漏れる。

「そなたはそれに耐えておられる。母はそなたをいつも誇りに思うておりますぞ」

青岩院は景虎の背を撫ぜ続けながら言った。

「されど、政景殿と綾のことを許してやってくだされ」

青岩院の切なる頼みに対する、景虎の返事は最後まで聞かれなかった。


それから間もなく、翌天文二十年が明けた。暦の上で春になったとはいえ、越後はまだ雪が深い。

景虎が坂戸城へ軍勢を差し向けるとしても、雪の中の行軍は不利である。

その間、坂戸城の政景に対し、降伏を促す使者が送られた。また、景虎から送られる公式の使者とは別に、幾人かの重臣たちが個人的に政景を諭す使者を送ってもいたようだ。景虎もまた、それに気づいてはいたが、放置していた。

それで、政景が降伏しようという気になってくれれば、それに越したことはない。政景を許せぬという気持ちに変わりはないが、降伏さえしてくれれば、綾の命を危険にさらすこともなく、また、兵たちの命を無駄にすることもない。政景配下の兵たちもまた、越後の兵であることに変わりはないのである。

しかし、政景は頑なだった。断じて降伏には応じぬという構えを見せている。

「もはや慈悲などかけてやる必要はございますまい。雪が溶け次第、一気に坂戸城を攻め落としてやりましょうぞ」

政景の上田長尾氏と、先祖の代より因縁のある景信などは、そう景虎をけしかける。

青岩院や直江実綱らのように、何とか戦乱を避けようとする者もいたが、政景に降伏の意思がない限り、交渉はまとまりようがなかった。

ついに、景虎は決意した。

「雪が溶け次第、軍勢を坂戸城へ差し向けることとする」

景虎は自ら軍勢の指揮を執ろうとしたが、それには直江実綱が反対した。

「守護上杉さまもおられぬ今、御館さまが春日山城をお空けになるのは、よろしくございませぬ。これを機に、揚北衆も騒ぎ出すやもしれませぬし、万一、春日山城を落とされでもしたら、坂戸どころではございませぬぞ」

もともと独立意識の強い揚北衆は、景虎も栃尾城にいた当時、刃を交えている。戦って敗れればすぐに降伏するのだが、事あらば、自らの力を誇示しようとするのだった。

単独で行動することはないが、今、景虎の軍勢が坂戸城へ向かえば、これをよい機会ととらえるのは間違いない。いや、もしかしたら、政景と揚北衆との間に密約がないとも限らないのだ。

「それでは、まずは古志の伯父上に、坂戸攻めの大将となっていただこう」

景虎も自ら進軍することは断念した。

「かしこまった」

景信の鼻息は荒い。

「何の、御館さまのご出馬を願うまでもなく、それがしが政景めを坂戸より引きずり出してみせましょうぞ」

「政景は生きて捕らえよ」

景虎は命じた。

「かしこまってござる」

「それと、姉上の御身大事をお忘れなく――」

付け加えて言う景虎の言葉にも、

「無論でござる。それがしにお任せくだされ」

と、景信は自信たっぷりに請合ってみせた。

そして、景信率いる五百の兵が、春日山城を出立し、政景の立てこもる坂戸城へ向かったのは三月初めのことである。

すでに雪は溶け、春の遅い越後でも花がほころび始めようという時節であった。

ところが――。

三ヶ月が過ぎてもなお、坂戸城は落ちなかった。すでに、六月になっている。

その間、揚北衆が蠢動《しゅんどう》することはなかったのだが、坂戸城では籠城戦への備えが徹底しており、城門はぴたりと閉ざされ、討って出て来ることもない。

持久戦にもつれ込めば、城内の食糧も減ってゆくが、城外の兵たちとて食糧の運搬に気を遣わなくてはならなくなる。

「いずれ食糧がなくなれば、敵も降伏してくるかと――」

攻めあぐねた景信はそんなことを言ってきたが、

「何という悠長なことを！」

景虎は憤った。

(それでは、姉上までが飢餓に苦しまれることになるではないか)

もはや伯父の景信だけに任せてはおけない。

「私が坂戸へ参り、一気に片をつける」

景虎はついにそう決断した。

(この私が必ずや、姉上をお救いいたしますぞ)

姉の夫となった政景は、やはり姉を不幸にする男であった。自分の野心のために、妻を巻き込み、飢餓の苦痛を味わわせるなど、断じて許してはおけない。

(政景め——)

景虎はこれまでの合戦では、決して見せなかったような闘志をみなぎらせている。

(必ずや、私の前に跪かせてくれるぞ)

そして、もう一人——。

(綾御前さま——)

綾との再会を心待ちにする者が、春日山城にはいた。

うのである。

うのは、父の直江実綱から責められていた。

「昔の御館さまは、少々厳格に過ぎるところがあったにせよ、今のようではなかった。

眉一つ動かさず、裏切り者を斬れるお方じゃった。じゃが、今の御館さまは怒りに任せて政景殿を斬りかねぬ」

「御館さまは、もとより裏切りには厳しいお方でございますゆえ」

「それは存じておるが、情に流されて行動するは、若い女子のようではないか」

実綱の顔つきは苦々しい。実綱の言う通り、景虎はまぎれもなく若い女子なのだ。

「姉上さまをお慕いするお気持ちが深いからではないでしょうか」

うのには、そう言うことしかできなかった。

不意に、実綱は娘に探るような目を向けた。

「御館さまに、一体、何があったのか」

うのはどきりとした。思い当たることがないわけではない。

「何かがあったとは、どういう――」

父の前では、適当に言いごまかしたものの、もちろん、実綱はうのの言葉を信じてはいないだろう。

といって、いかに父から問い詰められようと、信濃国での出来事を話すわけにはいかなかった。

それを相談する相手は、男である父実綱ではない。女である綾にこそ、

（ご相談したいのに……）

綾は夫の政景と共に坂戸城にこもってしまい、うのと連絡を取ることができないで

いる。

（ああ、早く、綾御前さま。坂戸城から出て来てください）

うのは心から、そのことを祈っていた。


その頃、坂戸城では――。

いよいよ追い詰められた政景とその側近たちが、議論を重ねていた。

「御館さまがご出馬になれば、敵兵たちも競い立ちましょうし、戦上手で知られる御館さまのことです。もはや猶予はなりますまい」

政景に向かって、家臣の一人が言った。さらに、別の者も、

「さらに、御館さまに戦略を指南した琵琶島城主宇佐美定満殿が、軍勢に加わるとか。古志の景信殿はあしらうこともできましたが、宇佐美殿は油断なりませぬぞ」

切羽詰《せっぱつ》まった調子で言う。

「ううむ」

政景は唸った。

景虎が若いに似合わず戦巧者であることは、言われるまでもない。そして、その景虎の指南役であるのが、本庄実乃と宇佐美定満なのだ。

特に、知略と実績を備えた宇佐美定満の存在は、重いものがあった。

「なれば、いかがいたすべきか」

政景は家臣らに尋ねた。

「ここは、もはや御館さまお一人のお命を頂戴するより他――」

「やむを得ぬか」

政景の乾いた唇から、呻くような声が漏れる。

だが、景虎一人を倒してしまえば、その他の重臣たちなどどうにでもできる。宇佐美定満とて、担ぎ上げる人間がいなければ、手も足も出ないのだ。

そもそも跡継ぎのいない景虎が死ねば、守護代の座は長尾氏の血を引く政景か、古志の景信が継ぐことになる。そして、景信であれば、戦場でのやり取りにしても、政治的な駆け引きにおいても、打ち負かす自信が政景にはあった。

よし、景虎に刺客を送れ――政景がそう口にしようとした時であった。

「なりませぬ！」

毅然とした女の声が、襖を越えて響き渡った。同時に、襖が開かれ、小袖に襷がけをした綾が足早に近付いて来る。得物こそ手にしてはいなかったが、今にも薙刀を担いで、城内の見回りにでも出て行きそうな姿であった。

鎧姿の家臣たちが、居住まいを正して平伏する。それに厳しい一瞥をくれた後、

「そなたたち、我が殿を卑怯者にするつもりか」

と、綾は言い放った。

家臣たちは恐れ入った様子で、顔を上げもしない。

「わたくしが殿に従ったのは、景虎殿を戦場にて正々堂々と討ち破るとおっしゃったからです。その上で、景虎殿のお命を決して奪いはしないと、殿がお誓いになったればこそ」

綾の堂々たる意見に対し、政景もまた、反駁できないでいる。

「もしも、殿がその誓いを破り、景虎殿に刺客を放つというのなら、わたくしは今から坂戸城を出て、景虎殿の許へ参ります」

「何だと！」

政景は顔色を変えた。刺客を送るどころの騒ぎではない。

「万一にも、このわたくしをここへ監禁しようとなさるのであれば、わたくしは自ら命を絶ちます」

さあ、どうなされますか――綾から、刃を突きつけられるような調子で言われて、政景はしばらく無言であったが、やがて、がっくりと肩を落とした。

「もはや……これまでか」

「殿――」

綾はそれまでとは打って変わったような穏やかな声で言った。

「景虎殿に降伏いたしましょう。我らは景虎殿に敗れたのでございます」

政景は力なくうな垂れていた首をのろのろと上げた。

「おのれ、揚北衆め。我らに呼応して挙兵すると約しておきながら――」

政景の目が憎悪に燃えている。綾はそれへ押し被せるように、

「仕方ありますまい。あの者どもは懐柔されたか、あるいは、我らが不利だと思い、裏切ったのでございます。もとより駆け引きに慣れた者たちでございますゆえ」

と、諭すように言った。それから、まだ激しい目をした夫の前に、静かに膝をついて座った。

「こうなった上は、景虎殿に――いいえ、御館さまに忠誠をお誓いください。それも、決して見せかけではなく、心からの忠誠をお誓いください。さもなければ、御館さまに殿が殺されまする」

お願いいたします――と、最後に続けて、綾は頭を深々と下げた。

政景は無言である。綾は頭を下げ続けた。

やがて、政景の両眼から、激しいものが剥がれ落ちるように消えていった。

「分かった……。私の負けだ」

政景は屈辱にまみれた呻くような声で言った。

五章　信濃の安息

一

天文二十（一五五一）年が明け、長尾政景の立てこもった坂戸城は、景虎の軍の猛攻を受けた。それでもなお数ヶ月を持ちこたえたが、その年の八月、ついに景虎に降った。

最後は、琵琶島城主宇佐美定満が出張ってきて、政景と綾に降伏を勧めた。自らの指南役でもある宇佐美定満を交渉役に赴かせたのは、せめてもの景虎の譲歩である。

政景は綾を伴い、春日山城へやって来た。

「御館さま――」

政景は景虎の前に平伏した。先に景虎が晴景の跡を継ぐと決まった時にも、政景は景虎の前に頭を下げたが、あの折は不服を露にしていたものである。

それに比べたら、今の政景は従順そのものだった。

景虎とは目を合わせようともせず、ひたすら頭を下げ続けている。

「この政景、いかなる処分も覚悟しております。坂戸城を明け渡せと申されるなら、異存はございませぬ。どうぞ、御館さまのお気の済むようにご処分くださいませ」

政景の口上が終わると、景虎はおもむろに口を開いた。

「いったん忠誠を誓っておきながら、裏切りを犯す。私はそういうことが最も嫌いだ。政景殿はそのことを分かっておられるか」

景虎の棘のある物言いに対しても、政景はひたすら頭を下げてかしこまっている。

「そなたを許せという嘆願が相次いでいる。我が母青岩院殿よりも、よくよく頼まれたゆえ、こたびはそなたを許すことにした」

景虎は重々しく言った。

「ただし――」

政景には言葉を差し挟ませず、景虎は語気を鋭くして続けた。

「我が義兄だからとて、この次はありませぬぞ」

次に裏切ることがあれば、命はないぞと脅したのだ。

「この政景、命を賭して、御館さまのために働きまする」

この数ヶ月の籠城生活がよほど身にしみたものか、あるいは景虎の怒りの深さを人づてに聞いたものか、政景は人が変わったように恭順な姿勢を示した。

夫政景が景虎に謝罪している間、綾はただ横で頭を下げ続けていただけである。

（あの虎千代殿が、今では長尾家の当主に……）

頭では分かっていたが、こうして実際に会ってみるまで、綾はなかなか実感できなかった。

綾が知る妹は、元服する前の幼い虎千代である。綾と景虎の再会は、実に十数年ぶりであった。

（景虎殿はわたくしを許してくれるだろうか）

綾は景虎の許へ逃げ出してくることもできたのだが、あえて夫と共に坂戸城へ立てこもった。それは綾なりに理由のあることではあったが、景虎がどう受け止めたかは推し量れない。

だが、たとえ景虎が許してくれなかったとしても、

（わたくしはずっと、景虎殿のお味方ですよ）

せめて、坂戸城へ帰る前に、そのことだけは告げておきたかった。

夫の政景が景虎と和解したのだから、これからは綾も春日山城へ来ることができないわけではない。しかし、いったん嫁いだ女が、そうそうたやすく実家へ戻ることができるわけでもなかった。

綾は景虎への公式の挨拶が終わると、それから母青岩院の居室へ出向いて、景虎に会わせてもらうことにした。

それで、城の奥の方へ向かって行くと、その途中の廊下で、

「綾御前さまでございますか」

と、呼びかけてきた女がいる。

「そなたは……直江家の――」

綾はうのを見覚えていた。もちろん、景虎をよろしく頼むと、頼んだことも忘れていない。

「綾御前さまにどうしてもご相談したいことがございます。私、ずっと一人で思い悩んで、どうしたらよいか分かりませず……」

うのはそう言って、大きな目ですがるように綾を見つめる。ただならぬ悩みごとを抱えているようだと、綾は瞬時に察した。

「気軽には聞けぬ話のようですね。どこか、話をする場所はありますか」

綾は尋ねた。

「ひとまず、私の部屋へ――」

うのは早口に言い、綾がうなずいたのを確かめると、手際よく案内に立った。

誰もいないうのの部屋で、信濃での顛末《てんまつ》を聞き取った綾は、

「景虎殿に、さようなことが……」

と呟くなり、先の言葉を続けることができなかった。

どう聞いたところで、景虎がその信という信濃の男に、恋心を抱いていることは間違いない。ただ、景虎自身はそのことに気づいていないかもしれないと、綾は思った。

「いつか、そういう日が来るかもしれぬと恐れ、わたくしは景虎殿が男として生きることに反対だったのです。もちろん、越後の平穏は何よりも大切なこと。力のある国主がこの国には必要でした。だから、わたくしはずっと願い続けてきた。景虎殿ではなく、この越後を平穏に保ってくれる男がいてくれればよい、と――」

うのに聞かせるために語り出した綾の言葉は、いつしか、独り言のような響きを持って続けられた。

「初めは晴景兄上に期待をしました。そして、次は私の夫政景殿に――。私はいっそ、こたびの戦で、政景殿が景虎殿を倒してくれればよいとさえ思った。さすれば、景虎殿は今の苦しみから逃れられる、景虎殿は本来の姿に戻り、女としての人生を生きることもできよう、と――」

離れて暮らしてはいても、そして、景虎の身に何が起こったのかを知らなくとも、綾は景虎の苦悩を分かっていたのかもしれない。綾の言葉を聞いて、うのはそう思っ

ていた。

「されど、この越後には景虎殿以上の男がいない。ならば、この越後を景虎殿に託すより他に、致し方ないではないか」

綾の声は最後には、抑えきれぬといった調子で甲高くなっていた。

男たちに期待を賭け、裏切られた綾の無念さがうのにも伝わってくる。

「綾御前さま……」

心配そうに綾を見つめるうのの眼差を感じて、

「済まぬ」

と、綾は冷静さを取り戻して詫びた。

「わたくしは、男の子を一人亡くしているのです」

突然、ぽつりと綾が言った。

「わたくしはどうしても、男の子が二人欲しい」

「綾御前さま……」

「一人は上田長尾家を継がせねばなりませぬが、もう一人は景虎殿に差し上げたいと思うている。そして、早う景虎殿を楽にして差し上げたいのじゃ」

綾の真情に、うのは胸を打たれた。そうなってくれればどんなにいいかと思いつつ、うのも心からうなずいてみせる。

「されど、もはや国主の座から逃れることができなくとも、もしも景虎殿に、女としての幸せを望む気持ちがあるのならば、陰ながら助けてやりたい」

綾は力のこもった声で続けた。

だが、この言葉に、うのは素直にうなずくことができなかった。

もちろん、たとえ一瞬でも、信という男を殺してやりたいと思ったことは、綾にも伏せてある。

「その信とやらいう男、信濃の者なのですか」

「そこまでは分かりませぬ。ただ、信濃の信と名乗っていたように思いますが……」

「武将のようだったと言いましたね」

「はい。私は眠りこけていたのですが、着替えの脇にはたいそう立派な刀がございましたので」

「ならば、武士でしょう。信濃のいずれかの領主に仕えている家臣か」

「されど、下諏訪はすでに甲斐の武田領。武田の家臣かもしれませぬ」

「いずれにしても、他国の家臣となれば、この越後へ迎え入れるのはそうたやすくはいかぬでしょう」

と言う綾の言葉に、うのは戦慄した。

（まさか、綾御前さまはあの信という男を越後に迎え、景虎さまの家臣となさるおつ

もりなのか)

そして、二人が契りを交わすのを、許すというのか。

(そんなことは、断じてさせない)

たとえ、綾がそう望んでいたとしても、自分はそれを阻止してみせる——うのは心に誓った。この時のうのは、頭に血が上っており、いつもの分別をなくしていた。

だが、綾から、

「うのよ、済まぬがその男のこと、調べてみてはくれませぬか」

と言われた時、うのは本心を押し隠し、おもむろにうなずいてみせた。

「まずは、あの折、行を共にした我が直江の家臣たちを使って、調べさせてみることにいたします」

「しかと、頼みましたぞ」

さすがに、うのの内心の嫉妬には気づきもせず、綾は信頼のこもった目でうのを見つめた。


その日、景虎の体が空くのを待っていた綾は、夜まで春日山城に留まることとなり、青岩院の勧めで城内に宿泊してゆくことになった。

夫の政景は春日山城下にある邸へ引き取り、明日、坂戸城へ向けて発つという。

夜になってようやく、公務が終わり、景虎が青岩院の部屋へやって来た。

「御館さま――」

綾はその姿を見るなり、景虎の足下に跪いた。

「この度はまことに申し訳なく――」

「おやめくださいさい、姉上」

景虎の態度は、先刻、重臣たちの前で見せたものとは違っていた。綾の前に膝を立てて座ると、景虎は床につけた綾の手を取り、その頭を上げさせた。

「姉上が坂戸城に立てこもったと聞いた時には、政景殿に腹立ちを覚え、寂しくも思いましたが、それも済んだことです。それに、私は姉上を怒ってはおりませぬ」

「虎千代……いえ、景虎殿――」

綾は、妹の名を二度呼び、声をつまらせた。景虎の表情が不意に、頼りなげになる。

かつて幼い頃の景虎が、綾にそのような表情を見せたことは一度もなかった。

綾ははっとして、目の前の景虎の顔をまじまじと見つめる。

（これは、女人の顔だ――）

景虎が男として生きることに反対してきた綾でさえ、目の前の景虎を見ていると、つい女であることを忘れそうになる。それくらい、景虎の顔つきは凛々しく、常に厳格さが備わっていた。

しかし、今の景虎は、明らかに女の顔をしている。

愛する者を探し、愛してくれる者を求める女の顔だ。

「姉上は今でも、私の味方でいてくださるか」

景虎はその表情のまま、綾に尋ねた。

「もちろんですとも。何があっても——と、申し上げたのをお忘れですか」

綾は景虎の手を握り返した。すると、ようやく景虎の表情が和らいでゆく。

「さあ、二人とも。そのような襖の側におらず、もそっと中へお入りなさい。顔を合わせるのも久しぶりでしょうに……」

奥から青岩院の声がかけられた。姉妹は思い出したように顔を見合わせ、同時に微笑を浮かべた。それから、二人はそろって奥へ入り、青岩院を交えて腰を下ろした。

「姉上の琴をお聴きしとう存じます」

やがて、景虎がそう言い出した。

「それはよい。御館さまも琵琶を弾き、二人で合わせてはいかがですか」

青岩院が横からそう勧める。

「御館さまがたいそう琵琶の腕を上げられたことは、坂戸へも聞こえてまいりました」

綾もそう言って、景虎との合奏を望んだのだが、

「私の腕はまだまだです。姉上が嫁いでしまわれてからは、教えてくれる人とてなく――」

と、景虎は首を横に振った。

「それに、今夜は、やはり姉上の琴をお聴かせ願いたい」

景虎からそこまで言われては断ることもできず、綾は青岩院が時折、使うという琴を侍女に用意させ、調律に取りかかった。

「何を弾きましょうか」

綾が景虎に目を向けて尋ねると、

「何でも、姉上のお好きなものを――」

という返事である。その時、綾の脳裡にふと、

――想夫恋《そうふれん》。

という言葉が浮かんだ。妻が遠く離れた夫に思いを馳せるという筋書きの曲だ。今の景虎はこの曲に、どんな反応を見せるだろうか。綾はそれを確かめてみたいという気持ちになった。

「それでは、想夫恋を――」

綾は言い、琴を盤渉調《ばんしきちょう》に合わせながら、景虎に語りかけた。

「琵琶をたしなまれる御館さまはご存知でしょうが、『想夫恋』は『平家物語』の

『小督《こごう》』巻にも出てくる曲。女人の恋心を歌う曲の代表でございます」

景虎は何も言わない。ただ、その表情はそれまでになく硬かった。

綾はかまわずに、「想夫恋」を弾き始めた。

秋の月が美しい晩、嵯峨野に身をひそめる小督が、宮中の高倉天皇を想いながら弾いた曲である。それを、天皇の命令を受けて小督を探しに来た男が聴き、小督の居場所を突き止めることになるのであった。

嫋々たる音色が悲しげに鳴る……。

景虎はいつしか、耐えがたいとでもいうような様子でうな垂れていた。

二

――御館さまが何をしようとも、仮にこの越後国を捨て去ろうとも、わたくしだけは御館さまの味方でございますよ。

綾がそう言い残して春日山城を去ってから、景虎はいっそう無口になったと、うのは思う。もちろん、うのは綾の言葉を直接聞いたわけではない。

もっとも、春日山城における景虎の日常が、特に変わったわけではなかった。重臣たちが届けてくる報告に耳を傾け、文書に目を通すなどの公務は、滞りなくこなしていたものの、景虎の心はここにはないのだ。うのにはそう思われてならない。

（あの夜、綾御前さまは景虎さまに、何かおっしゃったのではあるまいか）

と、思うのだが、景虎に直接尋ねることはできなかった。

うの自身は綾から言われた通り、直江家の家臣たちを使って、信濃の信の素性を探らせている。しかし、景虎とうのが信濃へ旅をしたのは、もう六年も前のことなのである。

消息をたどることができるかどうかは、ほとんど運任せのようなものであった。

やがて、ひと月ほど下諏訪周辺を調査して戻って来た家臣たちは、何の収穫もなかったことを、うのに報告した。

（あの時は、たまたま下諏訪に立ち寄っただけかもしれないし、別の領地を探ってみる必要がある）

うのがそう思い立った頃、景虎が急にうのを呼び出し、

「うのよ。再び私と、信濃へ旅をしてみないか」

と、言い出した。

驚くべき話ではあったが、心のどこかで、うのはこの日が来るのを予感していたようにも思う。

「されど、御館さまはもはや、身軽なお立場ではございませぬ」

「分かっておる。だが、坂戸の政景も降伏し、今の越後は平穏である。そして、今を逃せば、このような時がいつ訪れるか分からない。私も行ける時に、他国を見ておきたいのだ」

景虎の言い分はもっともであるが、それが言い訳にすぎないことも、うのには分かる。

「されど、日帰りで行き来できる場所ではございませぬ。御館さまがお留守の間、お城はいかがするのでございますか」

「私は病に臥していることにする。その間、この城と国内のことは、そなたの父直江実綱や伯父上たちに任せようと思っている」

「されど……」

「そなたが父を説き伏せよ」

景虎は押しかぶせるように言う。

（間違いない。御館さまはあの信とやらいう男に逢いに行かれるのだ）

二人がその後、連絡を取り合っていたとは思えないので、果たして再会できるのかどうか、それはうのにも分からない。しかし、信が現れることがあれば、その後を直江家の家臣に尾《つ》けさせて、その正体を探ることもできる。

無論、危険もあるだろう。景虎が信と共に逃げ出すような事態が起きれば、それはもはやうのの手には負えなくなる。

（その時は、私の命を捨てても、あの男を殺す）

うのはそう思いつめた。いずれにしても、景虎には以前の姿に戻ってもらわなければならない。

（じっと一人で物思いにふけったり、頼りなげな表情をお見せになる今の御館さまを、うのは見ていられませぬ）

うのはその思いを秘めて、うなずいた。

「それでは、しかとお供させていただきまする」

うのは己一人で立てた計画を胸に秘め、景虎の目から逃れるように、手をついて頭を下げた。


お虎と名乗る景虎とうのの二人連れが、下諏訪の名主《みょうしゅ》の家に居候することになって、七日が過ぎた。

季節はもう冬に差し掛かり、水のような鉱泉に浸かることはできない。

毒沢の鉱泉は訪れる人もなく、雑木林の中でひっそりと静まり返っていた。

だが、景虎が毒沢を訪ねることに、うのは反対もしなかったし、理由も尋ねなかった。ここに逗留したいと言ったときも、うのは自ら近くの百姓家を訪ね歩き、泊めてもらう交渉を行った。

するとかつて二人に毒沢の鉱泉を教えてくれた老百姓が、この辺りの名主と知れた。

今はもう、五十半ばを超えているだろう。髪には白いものが以前よりもずいぶん増えていたが、名主は二人を見覚えていた。

「おや、毒沢の湯が気に入って、また、訪ねて来なさったかね」

それならば、ぜひ自分の所に泊まってくれと言う。大変熱心な勧誘に負けて、景虎というのはその名主の家に逗留することになった。

名主の名は万作と言い、今は老いた妻のりくと二人暮らしであった。

夫婦には娘が二人いたが、二人とも嫁にもらわれてゆき、跡継ぎがいないという。いずれ、娘の子供の一人を養子にもらい受ける予定だが、今は老夫婦二人に作男二人という暮らしぶりであった。

秋の収穫後の暇な時節ということもあって、景虎たちは万作夫婦の下にも置かぬもてなしを受けることになった。

「毒沢の水は飲んでも効果があるんじゃ」

と言い、万作は汲んだばかりの水を、景虎たちに毎日飲ませた。

また、体に浸かるほどの湯は沸かせないが——と、断った上で、

「せめて、毒沢の湯に足だけでも浸けなされ。疲れが取れて、ええ気分になれるで」

と、わざわざ鉱泉の水を作男に汲んでこさせ、沸かしてくれることもあった。

毒沢の鉱泉は冷たい時は透明なのだが、温めると、かつて万作が言っていたように、茶色く濁ってくる。

「これは、何とも不思議なこと」

景虎もうのも目を丸くした。そんなふうに過ごしているうち、

（もしかして、万作殿は私たちを見張っているのではないか）

うのはそう思うようになった。

時々、景虎はふらっと百姓家を出て行ってしまうことがある。

「お虎さまは、どこへお行きなさった」

血相を変えて問い詰められた時には、うのも仰天した。

「おそらく、毒沢の湯の辺りを散策でもしておられるのでは――」

「勝手に出て行かれちゃなんねえ。すぐに連れ戻してきてくだされ」

いつになく、厳しい声で言う万作に、うのの疑心は深まっていった。

もしかしたら、万作はあの信という男に言い含められ、信がここへ到着するまでの間、お虎を見張っているよう、命じられているのではないか。

そして、その予感はおそらく当たっていた。

なぜなら、二人が下諏訪に来て七日目、あの男は一人でやって来て、迷うことなく馬を万作の百姓家の前で止めたのである。

「お虎――」

男は馬から駆け下り、百姓家に向かって大声を張り上げた。

その時、うのの目の前にいた景虎は、弾かれたように立ち上がっていた。

「お虎さまっ！」

うのは悲鳴のような声を上げていた。

しかし、景虎はそれも耳に入らぬような様子で、囲炉裏《いろり》を切った板敷きの間を走り抜け、土間へ駆け下りて、家の外へ飛び出してゆく。

「なりませぬ、お虎さま――」

うのも慌てて、景虎の後を追った。草鞋《わらじ》を履く暇もなく、うのは足袋のまま土間へ駆け下りた。そして、家の外へ飛び出した時、うのの目の前で、二つの人影が一つになった。

「逢いたかったぞ、お虎」

うのにも見覚えのある男が、百姓家の中から駆け出してきた景虎を抱きすくめている。

「どれほど、そなたを待ち焦がれていたことか」

信は激しく叱りつけるような調子で言う。しかし、その声には甘い響きもこめられていた。

「こうして、逢えたからにはもはや離さぬ。俺と共に来いっ！」

信は景虎には一言の口も挟ませぬまま、立て続けに言った。それから、景虎の返事も待たずに、その手を引いた。

「お虎さまっ！　お待ちください」

うのは必死に追いすがり、声を張り上げて懇願する。さすがに、景虎の耳にもそのうのの声は届いた。

「私は必ず帰ってくる。案ずることなく待っていてくれ」

信に手を引かれつつ、景虎はうのに低い声で返事をした。信も足袋のまま走ってくるうのの必死さを無視できなかったものか、

「少し連れ出すだけだ。俺は人攫《さら》いではない」

と、言い残してゆく。

信は万作の百姓家の敷地を出ると、その生垣の所をうろうろしていた馬の背に、景虎を軽々と抱き上げ、横座りに乗せた。それから、鐙《あぶみ》に片足をかけて、ひらりと馬に飛び乗るや、信は馬腹を蹴って駆け出した。

右手は馬の手綱を操り、左腕はもはや放すまいといった力強さで、景虎を抱きかか

えている。

「怖くはないか」

どこへ行くとも知らせぬまま、信は景虎に尋ねた。

「いいえ」

景虎は落ち着いた声で返事をした。思い返せば、これほど落ち着いて穏やかな心持ちになったのは、ずいぶんと久しぶりのような気がしている。

それに、信と一緒であれば、どこへ行くと知れぬままであっても、決して不安ではなかった。そんな気持ちも初めてのことである。

「そのようだな。馬には乗れるのか」

景虎の様子を見定めて、信が問う。

「ええ……」

景虎の口から、自然と女言葉が漏れた。

「これは頼もしい」

信は笑い声を立てて言い、

「では、飛ばすぞ」

と、断ってから、右足で馬腹を軽く蹴った。

馬は心得た様子で、速度を強めた。

やがて、馬はそれほど高くない山の中へ入り、しばらくゆっくりと山道を進んで、とある寺の門前で止まった。

「ここは上諏訪の辺りだ」

と、信が言った。

「あちらに見える山は、霧が峰と呼ばれている」

ここへ来るまでの間に、日も暮れかけており、霧が峰はぼんやりと薄い夕明かりの中に霞んで見える。

「しばらくここに逗留させてもらおう」

信は言い、馬から降りると、景虎を馬から降ろした。

「ここは、信殿にゆかりの寺なのですか」

景虎が寺の門内の様子をうかがいながら尋ねると、「まあ、そうだ」というあいまいな返事が返ってきた。

しかし、信が断りもなく、景虎と馬を引き連れ入ってゆくと、中から中年の僧侶が一人と十歳にも満たないような子供たちが出てきて、その子供たちの口からは歓声が上がった。

「これは、信殿。よう参ってくだされました」

中年の僧侶が丁重に挨拶する。

子供たちはそんな礼儀も何もなく、ある者は裸足のまま外へ駆け出してきて、信の腰にまとわりついた。

「信さま。今度は何日、ここにいてくださるのですか」

「また、剣を教えてください」

子供たちは口々に言い、信に期待のこもった眼差を向ける。その瞳がいずれも明るいのを、景虎は見た。

「さあ、二日ばかりかな」

信は駆け寄ってきた子供たちの頭を順に撫でながら、答えている。どうやら、信がここへ来るのは初めてのことではなく、そして、信はここの子供たちから兄のように慕われているらしい。

「さあさあ、まずは中へ入ってお休みください。熱い白湯《さゆ》でも用意いたしましょう」

僧侶が口を挟んで、信に勧める。

「道円《どうえん》和尚」

信は僧侶にそう呼びかけた。

「この人は俺の大切な人だ。逗留する間、心してくれ」

「かしこまりました」

道円和尚は少し丸い背を折り曲げて、丁重に言う。この二人の会話を聞きつけた子供が、

「信さまの奥方さまか」

と、ませた眼差を信に向けて尋ねた。それを受けて、信は、

「そうだ。まだ奥方になってはいないが、いずれそうなる人だ」

照れることもなく、堂々と言い放つのだった。

景虎は何と言ってよいか分からず、かすかにうつむいた。

「きれえな方だなあ。まるで天女さまみてえだ……」

子供たちの関心はすっかり景虎に集まっている。子供たちは凜々しく清らかな景虎の美貌に、魅せられてしまったようだ。

人から注目されることに慣れている景虎だが、なぜかこの時は急に恥ずかしさがこみ上げてきて、いっそう深くうつむいてしまう。

「さあ、俺たちは疲れているのだ。まずは寺の中で休ませてくれ」

信は子供たちを振り払い、景虎を庇うように、その腰にそっと手を回した。

三

信は子供たちに予告した通り、丸二日、この寺に逗留した。

その間、信が景虎に触れることはなかった。そのつもりがないということを、それとなく知らせるため、信はあえて寺という場所を選んだのかもしれない。

一時の慰み者にするつもりはない——という信の真情は景虎にも伝わっている。子供たちに言った通り、正式な妻として迎えるつもりなのかもしれない。そのくせ、信は己の素性を、景虎に明かすことはなかった。

二日間は夢のように過ぎた。

子供たちは皆、人懐こく、景虎にもすぐに慣れた。子供たちはそれぞれの興味に応じて、手習いを教えてくれとせがむ者もいれば、剣を教えてほしいと言う者もいる。無論、剣などがあるはずもなく、その辺で拾ってきた木切れで、斬り合いの真似をするのだ。

時には、子供たちを皆集めて、集団の遊びをすることもあった。鬼ごっこを、さまざまな形に工夫した遊びをした。色の制約を設けた色鬼、高さの制約を設けた高鬼など、子供たちはいろいろな遊び方を知っている。

景虎はこれまでやったこともない鬼ごっこを、信と一人、子供たちに混じって楽しんだ。

（子供というのは、これほどに無邪気なものか）

自分の幼少期は無邪気ではいられなかったと、景虎は思う。だが、こうして見知らぬ寺へ連れて来られ、ここで知り合った子供たちと遊んでいると、あたかも心が洗われたように無邪気になれる気がするのだった。

そして、二日目の午後になった。

前に口にしていた言葉の通りなら、信は間もなくここを出て行く。その時、景虎をどうするつもりなのか、景虎は何も打ち明けられていない。

今、信は子供たちにせがまれて、剣術の指南をさせられていた。景虎は皆から離れ、庫裏の軒先の下に腰を下ろし、信と子供たちの様子を見るともなく見つめていた。

「ここでは、お寒くございませんかな」

気がつくと、傍らに道円和尚がいた。

「いいえ、大丈夫です」

景虎は答えた。ここでなければ、信の姿を見つめていられなくなる。景虎のそうした内心の声を聞き取ったわけでもないだろうが、道円和尚は庫裏の中へ入れと勧めることもなく、自らも景虎の傍らに腰を下ろした。

「この寺には名もござらぬのです」

問わず語りに、道円和尚は語り出した。景虎は黙って耳を傾ける。

「いつか、信殿がふさわしい名をつけてくださるだろうと、待っておりますのじゃ」

寺の創建は古いらしいが、いつしか住職もいなくなり、荒れ放題に荒れていたのを、信が手を加えて道円に託したのだという。子供たちは戦乱で親を亡くした者たちで、これも信が連れて来て、道円に世話を頼むと押し付けたのであった。

無論、彼らを食べさせるには金が要るが、そうした費用はすべて信がまかなっているらしい。

「それでは、信殿はそれだけ財力がある方なのですね」

景虎は黙っていられなくなって、つい訊いてしまった。

「まあ、そうなのでしょうなあ」

道円和尚は景虎の心も知らず、のんびりした口ぶりで答える。

「一体、信殿は何者なのですか。どこかのご家中に仕えている武将なのでしょうか」

「さあ、お虎さまはご存知ではないのですか」

景虎の問いかけに、むしろ道円和尚は不思議そうな表情を見せた。

「愚僧は何も知りませんのじゃ。信殿も何もおっしゃらぬ。されど、信殿の篤信はまこと、今の世にはめったにないありがたいお志。愚僧はそれだけを知れば十分です」

それだけで十分という道円和尚の言葉は、景虎の心に沁みた。

自分は、信の何を知ろうとしていたのだろう。彼の名、彼の立場、彼の身分――そのようなものは何でもない。

信は誰よりも、道義を知る男である。

自分はもう、信という男のまことの姿、まことの心根を知っているではないか。人を知るにはそれで十分ではないのか。男を知るには、それで十分であるはず――。

景虎は、庭で子供たちの相手をする信の姿を、再びじっと見つめた。

前に逢った時と変わらず、冬だというのに日に焼けた黄金色の肌、いかにも鍛え上げたといった様子のたくましく太い腕――。顔立ちは精悍そのもので、眉は太く、目はいつも自信に満ちて明るく輝いている。

そのすべてを、この六年の間、どれほど夢に見たことだろう。男の両腕が景虎を抱き締め、その口が景虎を求める言葉を吐くことを、夢見ぬ日はなかった。

そのほとんどあきらめていた夢が、今、叶った。

景虎が信を想っていたように、信も景虎を想っていてくれたのだ。景虎は今でも気恥ずかしさが先に立って、正直な気持ちを口にすることができないが、信は何の衒《てら》いもなく思いの丈《たけ》を口にする。

――この世の誰よりも、そなたがいとしい。

——毒沢の湯で逢うた時のように、何も身にまとわぬ美しいそなたを再び見たい。

そんなそなたを思うさま愛してみたい。

そんな言葉を平然と、それも、真剣に言う。

(信殿のような男を、私は知らぬ)

景虎はこの二日間、幾度となくそう思った。そして、

(どうして、信殿のような男がいるのだろう)

とも思った。

幼い頃より、男のことは自然とよく観察してきた。自分が男として振舞うためには、男のことをよく知らねばならなかったのである。

だが、信だけは景虎の知るどの男とも違っていた。

時に忌まわしく思った父や伯父景信とも、その優しさを好ましく思った兄晴景とも違う。

(このように、他の誰とも違う、代わりのいない、ただ一人の男を見出すことが、恋をするということなのか)

自分には縁がないと思っていたその言葉が、今、景虎の胸にすとんと落ちた。

前に、綾が春日山城で弾いてくれた「想夫恋」の嫋々たる曲の調べが、景虎の耳の奥に流れ始める。

「お虎よ」

はっと気がつくと、景虎の前に信が立っていた。

軒先の下に並んで腰掛けていたはずの道円和尚の姿はすでになく、信と共に遊んでいた子供たちの姿もいつしか庭から消えている。

「俺はもう行かねばならん」

信は静かに、景虎の隣に腰を下ろし、しみじみとした声で告げた。

「俺がそなたを欲しいと言ったのも、妻にしたいと言ったのも本心だ。だからこそ、これまでそなたに触れなかった。俺の気持ちは分かってくれるな」

景虎は目を伏せ、黙ってうなずく。それは決して信とは夫婦になれぬ悲しみゆえであったが、信はそれを恥じらいゆえと受け止めたようだ。

「俺はいったんここを離れるが、五日後には必ず戻る。そして、その時、そなたが俺を待っていてくれたなら、もう二度とそなたを帰しはしない」

信の力強い眼差は瞬きもせずに、景虎をじっと見据えている。本気だということが、ひしひしと伝わってきた。

ただ、ここで五日間、じっとしているだけでいい。これまでのように子供たちの相手をし、鬼ごっこをしたり、手習いを教えたりしていれば、やがて信が戻って来て、今までとは違う世界へ景虎をいざなってくれる。

それは、めくるめくような甘い誘惑だった。

だが、それの実現するはずもないことを、景虎自身が誰よりもよく分かっていた。

「私には馬もなく、この寺の正確な場所も分かりませぬ。ここを去ろうと思ったとて、どうやって去れというのでしょう」

景虎はわざとはぐらかすような返事をした。深刻に受け止めて、誠実な返事をすることは、とてもできなかったのだ。

「そうだな」

信は景虎に調子を合わせて、にやりと笑った。

「それでも、死ぬほど俺が嫌ならば、どんなことをしてでも逃げ出すはず。そうではないか」

ぬけぬけと言う。

「俺はやり方が汚いか」

「いささか、さように思われます」

景虎がわざと、つんとした表情でそっぽを向くと、

「こやつめ」

信は景虎の両頬に手を当て、無理に自分の方へ振り向かせた。ほんの至近距離に互いの顔がある。この二日間を共に過ごしていても、これほど互いを近くに感じたのは

初めてだった。まるで、毒沢の鉱泉の中で、裸で抱き合った時ほどに近い。

信は景虎の頬に手を当てたまま、ごく自然に景虎の唇《くら》を吸った。

厚みのある熱い唇がむさぼるように吸い付いてくるので、景虎もまた応えた。

やがて、名残惜しい様子で、唇を離した信は、

「俺は汚いやり方を使っても、そなたが欲しいと思っている」

最初の時と同じ、真剣な口ぶりに戻って言った。

「俺は、そなたと二人きりで生きてゆくことは叶わぬ男だ。くわしい事情は言えぬが、そなたが俺だけの女になってくれると言うのなら、すべてを話す」

ここにいてくれ、お虎——信は景虎の両肩に手を置いて、頭を下げて呻くように言った。

本当ならば、そなたを寺に閉じ込めてから出立したいくらいだ。だが、そなたはそのくらいの障害など、らくらく切り抜けてしまう女だろう。だから、こうして頼む。どうか、このままここを動かないでいてくれ。

その切実な信の物言いは、景虎がここから消え失せることを、あたかも予感しているかのように聞こえなくもない。

「どうか、お気をつけて——」

景虎は自分がどうするとは告げずに言った。

「ここへお戻りください」

「うむ」

信は言い、それまで下げていた頭を上げ、景虎の目をのぞき込むように見つめた。二度と忘れまいとするかのように、信の目が燃え上がった。

景虎もまた、信の顔を瞼の奥に焼きつける。

逢うのは、これが最後になる――。初めから、そのつもりで信濃へ来たのだ。

その瞬間、景虎は夢想した。

五日も待たなくていい。本当に、自分を逃がしたくないと思うのならば、今、このまま信の暮らす場所へ連れて行ってくれ。そう迫ったら、どうなるのだろう。

信は決して拒みはするまい。そして、景虎はすべてを捨てて、信だけの女になれる。

（すべてを捨てて……）

長尾家の母も、どんな時でも景虎の味方だと言ってくれた姉も捨て、越後国もそこに生きる民も忘れ、自分一人の欲のためだけに生きる。

（出来ぬ！）

景虎は心に叫んだ。

（さようなことは、私には出来ない――）

それならば、己の欲の方を――生涯でただ一度の恋を、あきらめるしかないのだ。

断腸の思いで、目を閉じた時、信の手が景虎の肩から離れていった。あまりに強い力でつかまれていたため、痛みが残っている。だが、その痛みは半ば心地よかった。

そして、景虎が再び目を開けた時、信の姿はもう見えなくなっていた。

景虎はそのまま縁先に一人で腰かけたまま、動くこともなく、長い時間を過ごした。

はっと顔を上げた時、目の前にはなぜか、うのがいた。

うのは、景虎が見たこともないほど、強張った顔つきをしていた。

「御館さま——」

旅先では決して使わなかった呼称で、うのは景虎を呼んだ。

「春日山城へ——越後へ戻りましょう」

淡々とした低い声で、うのが言う。

「……そうだな」

景虎もまた、低い声で応じた。

「どのみち、私にはそうするしか道がないのだ」

景虎はのろのろと立ち上がると、寺の和尚に挨拶をしてくると言い残して、庫裏の中へ入って行った。その後ろ姿がひどく疲れきった様子なのを、うのは同情の欠片《かけら》もこもらぬ目でじっと見つめていた。

四

それから三日ほどを経て、景虎とうのは無事に国境を越え、春日山城へ戻った。無論、姿を隠して直江家の家臣たちが、ひそかにその身辺を守っている。

その中で一人、信濃に残り、上諏訪の寺から信の行方を追って行った直江家の家臣が、越後へ戻って来たのは、景虎やうのが春日山城へ戻って、ひと月も経《た》ってからであった。

「これだけの時間をかけたからには、あの男の正体を突き止められたのであろうな」

うのは家臣を呼び出して尋ねた。

「ははっ――」

と、手をついた生真面目そうな家臣は、うのと変わらぬくらいの年齢である。うのを前に、ひどく緊張した表情を浮かべていた。

あの男の正体がただならぬ者だったのではないかと、うのは直感した。

「して、何者であった？」

「それがしは寺を出た男を、馬で追って行ったのですが、途中、寄り道をしながらも、あの男が最後にたどり着いたのは――」

そこまで語って、家臣はいったん口を閉ざした。

うのは唾を飲み込んだ。家臣の緊張が移ってしまったようである。

「甲斐の躑躅《つつじ》ヶ崎《さき》館でございました」

「何ですって！　甲斐の躑躅ヶ崎館とは、確か――」

それなり絶句したうのの言葉を継いで、

「さよう、甲斐国主武田氏の居館にございます」

と、家臣の男は比較的、落ち着いた声で言った。

（まさか、あの信とやら、武田家の者ではあるまいが……）

こういう時、心は少しでも衝撃を軽くしようと働くものか、うのは必死でそう思い込もうとしていた。

（躑躅ヶ崎館に入ったからといって、武田家の者とは限らない）

きっと、その家臣であろう。主君の武田晴信から何かを命じられて、信濃の諏訪に来ていたのだ。そう思うと、うのは少し気持ちが落ち着いてきて、

「して、信という男は何者であった？」

と、家臣の男に先の話を促した。

「はっ――。ここから先を探るのが、実は至難でございました。男が館から出てくることがあれば、人に尋ねることもできましょうが、あの日以来、七日ばかりもの間、

「それは、つまり……」

あの者が館から出てくることはなかったのでございます」

あの男が館で暮らしているということだ。うのの声は震えた。

家臣であれば、七日も城館に逗留したりはしないだろう。それは、つまり城館で働く使用人か、そうでなければ――。

「して、七日後に出てきた時、あの男は家臣や従者たちを大勢従えておりました。民たちはその姿を見ると、地に跪《ひざまず》いて頭を下げ、あの男は鷹揚に笑いながら、『もうよいから立って、仕事に励め』と言うのです。民たちはあの男のことを『御館さま』と呼んでおりました」

「甲斐の……御館さま、と――?」

ならば、信の正体は、甲斐国主、武田晴信であったというのか。

――晴信とやら、父親を他国へ追い出して、甲斐の国主に納まったそうだ。何とも耳に汚らわしい話ではないか。

かつて景虎が晴信を嫌悪していたことを、うのは思い出した。

(それなのに、あの男が武田晴信とも知らず、景虎さまは惹かれていったというのか)

うのは口から何かが漏れそうになり、慌てて口をつぐんだ。今、口を開けば、狂っ

たような甲高い笑い声が、飛び出してしまいそうで怖かった。やや間を置いてから、

「このことは他言無用です。誰に言ってもならぬ。直江の父上にもです」

と、うのは家臣に念を押した。

「かしこまりました」

事が事だけに、家臣は神妙にうなずく。

(このことはやはり、綾御前さまにだけはお伝えしなければならない)

うのはただちに決心すると、

「そなたはこれより、坂戸へ参る私の供をしてほしい」

と、直江家の家臣に命じた。そして、その男を部屋に待たせたまま、景虎には里帰りを理由に暇《いとま》を願い出た。

信濃から帰って以来、景虎は一人でいることを好み、うのでさえ、あまり寄せつけなくなっている。

「ゆるりとしてまいるがよい」

景虎はうのの里帰りをあっさり許した。

それで、うのは直江家の家臣を伴い、信濃、上野との国境に位置する坂戸城へと馬を馳せた。

突然、坂戸城へやって来たうのを、綾は驚いた表情で迎えた。しかし、すぐに景虎に関する大事と判断したらしく、うのが頼まないでも人払いをし、奥の座敷へ通してくれた。

「例の信濃の男について、何か分かったのですね」

綾はうのが口を開く前に、自分から尋ねた。しかも、それが手紙や人づてでは、伝えられないような内容であることを、すでに察している。

うのは自分が昨日、春日山城で家臣から聞いたことを、できるだけ淡々とした口調で告げた。

「何と、武田の――」

綾はそれだけ言うなり、絶句した。それから、しばらくの間、蒼ざめた顔でうつむいていたが、

「御館さまは……何と、お気の毒な――」

やがて、そう呟くなり涙ぐんだ。

懐から取り出した懐紙で、涙をぬぐう綾を、うのはどこか別世界の人間でも見るように見つめた。

（私は、御館さまをお気の毒だなどと、ただの一度も考えなかった……）

むしろ、あの男が武田晴信という大物であったことが、一方では忌まわしく、一方

では景虎の恋がこれで完全に断ち切られることになるのが嬉しかった。

思わぬ道に迷い込み、うのを苦しめた景虎も、これでようやく正しい道に戻ってくるだろう。

しかし、綾はどこまでも景虎に同情的であった。

「生まれて初めて、女人として求めたものが、決して手に入らぬものだったとは……」

綾は涙をあふれさせながら言う。

「されど、これが御館さまの宿命なのかもしれぬ」

自分を納得させるように言った後で、

「今、御館さまはどうしておられる？」

と、綾は涙をぬぐうと、心配そうにうのに尋ねた。景虎が信濃でしばらくの間、信と共に過ごした話は、すでに綾に話してある。

「春日山城へお帰りになられたからは、以前より無口におなりで、今は城内に造らせた毘沙門堂へ一人でおこもりになられることが多うございます」

うのの言葉に、綾はほうっと大きな溜息を漏らした。

「うのよ。これからも御館さまを、しかとお支えしておくれ」

綾は涙に洗われた目をうのに向けて、必死に頼み込む。

「どうぞ、ご案じなさいませぬよう。御館さまのことは、うのが命に代えてもお守り申し上げます」

うのはきっぱりと言い切った。

「そなたももう嫁いでおかしくない齢だというに、いつまでも御館さまの世話を頼んで済まぬことと思うておる。されど、そなたより他に頼める者とてなく――」

「さようなお気遣いは、ご無用に願います。私には、御館さまのお傍にいられることが、無上の喜びでございますから――」

うのの声には、ただの侍女の忠誠心というにはいささか熱すぎるものが含まれていたが、綾はそのことには気づかなかった。

「いずれにしても、今の話は秘中の秘じゃ。御館さまのお耳にも、しばらくは決してお入れせぬように――」

「心得ましてございます」

うのは綾の言葉に、慎重にうなずいた。

もちろん、綾は信の正体を、景虎に明かすつもりはない。それを知った景虎が、どのようなことになるか、うの自身にも想像がつかなかったのだ。

しかし、いつも景虎の傍にいて、いつでも自分の意志で、その秘密を明かすことができるのだという思いは、うのの心に複雑な暗い満足感を呼び起こしていた。

それから間もなく年が明け、天文二十二年となった。

景虎というのは二十四歳、綾は三十歳となる。

この年の二月、景虎に家督を譲っていた長尾晴景が逝去した。隠居してからの晴景は、心穏やかな晩年を過ごしたと思われる。

そして、四月、信濃の豪族である村上義清《よしきよ》が、甲斐の武田軍に攻められて葛尾《かつらお》城を追われ、越後に逃れてきた。この前年には、関東管領上杉憲政《のりまさ》もまた北条氏に敗れ、越後の景虎を頼ってきている。

景虎の強さと誠実さへの信頼感は、この頃には越後国内に留まらず、国外にも及んでいた。

裏切りは決して許さぬ景虎の厳格さは、逆に言えば、景虎が人を裏切ったり、計略にはめたりすることはないという証明でもある。それらが、関東管領や信濃の豪族たちの信頼を集めたのであった。

信濃は、諏訪が武田晴信の手に落ちてからずっと、武田軍の脅威にさらされている。特に、武田軍の騎馬隊の強さは有名であった。また、忍びの者を使った諜報活動にも力を入れているという。

そして、この年の四月、武田晴信は北信濃へ兵を進め、村上氏の領地を奪い取った。

長尾氏とは縁戚関係にある信濃の豪族高梨氏を仲介として、村上義清は春日山城の景虎を訪ねてきた。

「武田晴信めは、信濃に野心を抱いております。京の朝廷や足利将軍家にも、信濃国司の座を欲して働きかけておるとか。あの武田が信濃を領有することになれば、越後とて安穏にかまえてはいられますまい」

清和源氏の血を引く名門という意識が強いのか、村上義清は自分の敗北は棚に上げて言う。

「この越後は、武田軍の攻撃など、断じて寄せつけさせぬ」

景虎はすかさず厳しい声で言った。

「ははっ――」

さすがに、その威に打たれた様子で、村上義清はかしこまって頭を下げた。

自分の物言いが、景虎を不快にさせたかと、ひやりとしたようだ。

「されど、あの武田が我が領国に接しておるのは、うっとうしい」

景虎は続けて言った。

「そ、それでは、我が方にお味方してくださる、と――」

村上義清が力を得た様子で、顔を上げる。

「村上殿は、私に何をお望みでおられるか」

景虎の問いかけに、村上義清はがばっと平伏した。

「兵をお貸しいただきとうござる」

声を張り上げて一気に言う。

「さすれば、この村上義清、武田晴信めに奪われた我が城を取り返し、越後の御館さまのお心を安んじてごらんに入れまする」

村上義清は景虎のことを、家臣のように「御館さま」と呼んだ。

「村上殿もご承知のことと思うが、この越後には、関東管領上杉さまがおいでになる。今は、名目だけになったとはいえ、正式に足利幕府より関東の支配を命じられたる名門上杉家のご当主である。村上殿におかれては、関東管領の権威を重んじ、管領殿に対し、忠誠を誓っていただきたい。さすれば、私も村上殿をお助けする名目ができる」

「まったくもって、仰せのごとし。何事も、御館さまのご意向に従わせていただきまする」

兵を貸してもらえる希望が出てきたせいか、村上義清は当初の傲慢さを捨てて、従順な態度を見せた。

「己の野心を満たすだけの目的で、兵を動かし、他国の武将や民を苦しめるとは、仁義にもとる」

景虎は武田晴信について、こう公言し、晴信に苦しめられた村上義清に五千の兵を貸し与えた。

五月、村上義清は越後勢を率いて進軍し、いったんは葛尾城の奪還に成功する。

しかし、その後、武田軍の猛攻に遭い、村上義清は再び敗走した。

「お助けくだされ、御館さま」

村上義清は再び越後へ逃れ、景虎の前に手をついて願い出た。

「おのれ、武田晴信め」

景虎は拳を握り締め、低く呻いた。その様子は激怒するより恐ろしい印象を、傍に控える者たちに感じさせる。

「私が、武田の手前勝手な野心を打ち砕いてみせようぞ」

もとより耳にしていた武田晴信のよくない噂が、景虎の怒りをあおり立てたのだ。

(御館さまが、武田晴信と——。あの信と兵馬を交えて戦われる)

このことは、うのの心をも激しく動揺させた。

(どうして、御館さまはよりにもよって、あの男と関わりを持とうとされるのか)

村上義清がこの越後へやって来ることがなければ——。うのは村上義清までも怨めしかった。

それとも、景虎と武田晴信は、切っても切り離せない業のごとき宿命を背負っているというのか。

（そんなはずはない。御館さまは、あの男の正体は知らねど、あの男とのことは思い切られたはず）

大丈夫、広い信濃国の合戦場で、それぞれの軍の大将である二人が顔を合わせることは決してない。うのは自分に言い聞かせた。

（信の正体は、御館さまのお耳には断じて入らぬようにしなければ――）

五月、信濃へ進軍する景虎は、磨き上げられた黒い鎧を着け、愛馬の放生月毛《ほうしょうつきげ》にまたがっている。男と見れば小柄な方なのだが、その姿は進軍する兵士たちの誰よりも凛々しく、また、雄々しく見えた。

この度、景虎が用意させた旗印は、黒地に白で「毘」と染め上げられたものである。毘沙門天を意識したものだ。

そして、夏の眩しい陽射しに、黒の鎧を照り返させながら、堂々たる姿で軍勢を率いる景虎の姿は、

「まこと、毘沙門天の化身であられる……」

見る者にそう思わせるのに十分であった。

うのはそのような景虎の姿を、春日山城の櫓の上から、景虎の母青岩院と共に見送っていた。

六章　出家騒動

一

信濃に進撃した景虎の軍勢は、武田軍に奪われた諸城を攻め落とし、連勝を重ねた。そうなると、武田軍も安穏としてはおられず、やがて、武田晴信自身が兵を率いて、村上義清から奪った塩田城に本陣を構えた。

ところが、この時、景虎は武田晴信との決戦を避けている。

この年の九月、景虎は上洛して、天皇と将軍足利義輝に拝謁する予定であった。関東管領上杉憲政を擁護し、足利幕府の権威回復を願う景虎にとって、この上洛は武田氏との決戦よりも大事な意味を持つ。

景虎は九月になる前に兵を越後へ引き揚げ、上洛を果たしたのであった。

景虎と武田晴信との決戦は持ち越された形となり、この二年後の弘治《こうじ》元（一五五五）年四月、二回目の合戦が川中島の犀川《さいかわ》を挟んで行われた。しかし、数ヶ月におよぶこの合戦も決着はつかなかった。

この時は、武田晴信から和睦の要請があり、両者は駿河の今川義元《よしもと》の仲介で、信濃から軍勢を引き揚げている。

そして、この年の十一月二十七日、坂戸城主の長尾政景と綾の間に、待望の男子が生まれた。喜平次《きへいじ》と名づけられたこの男子が、後の上杉景勝《かげかつ》である。

この上田長尾家の跡継ぎ誕生は、長尾家家臣団の間にも小さな動揺を生んだ。

「御館さまは生涯不犯を誓っておられるが、跡継ぎの問題はどう解決なさるおつもりなのか」

これまで話題に上らなかったその問題が、目の前に突きつけられたのである。

今でこそ長尾家に臣従しているが、もともと独立意識が強い越後の豪族たちは、長尾家の跡継ぎ問題にも口を挟んでくる。景虎自身が長尾家の家督を継いだ時もそうであったし、その意識は今も変わっていない。

そして、今、生まれた政景の息子は、景虎には血のつながった甥に当たり、上田長尾家の跡取りであるのは無論のこと、府中長尾家を相続するのに最も近い位置にいる。

また、一時は景虎に謀叛を企てた政景も、それを許されてからは景虎に従順であり、今では春日山城の重臣であった。上田衆と呼ばれる家臣団を従えており、戦場での活躍もめざましい。

「喜平次殿が長尾本家の跡を継がれたら、その時、実父である政景殿がこの越後の実権を握られるぞ」

　権勢の移り変わりを見定める人々の動きは早い。

中には早々と、坂戸城へ駆けつけて、政景の機嫌を取る者なども出始めていた。

そして、喜平次の誕生からひと月を経て、年が改まり、弘治二年となった。

それから約半年になろうという六月、春日山城から突如として、景虎の姿が消えた。


「一体、御館さまはどこへ行かれてしまったのか」

春日山城の中に、景虎の行方を知っている者は一人もいなかった。

母である青岩院も、常に側に仕えるうのも、また、景虎から信頼されている家臣の
直江実綱や一族の景信、政景らも心当たりさえなかった。

「お、御館さまはもう、春日山城へお戻りにはならぬおつもりでしょうか」

うのが震える声で言うのへ、

「一国一城の主ともあろう御方が、さように勝手な真似をなさるものか！」

うのの父である直江実綱が叱りつけた。

「そなたには、御館さまの行き先に心当たりがないのか」

　父からそう責められた時、それまで真っ白だったうのの脳裡に、つと雑木に囲まれ
た毒沢の湯の鄙びた情景が浮かび上がった。思わず「あっ」と声を上げてしまいそう

になるのを、うのは必死にこらえる。

続けて、上諏訪の寺の情景が浮かび上がった。景虎が信と共に二日を過ごした寺である。子供たちと戯れている景虎の無邪気な様子を、あの時、うのは姿を隠して観察していた。景虎のあんなに嬉しそうな顔は、見たことがなかった。

景虎が行くとすれば、そのどちらかしかないのではあるまいか。

もしも、景虎があの日々を忘れきれず、どこかへ逃れたいと思うのならば、あの場所しか――。

だが、うのはそのことを、父実綱にも言わなかった。

(私一人で確かめなければ――)

うのの心ははやり立つ。

坂戸城の綾も同じ思いだろうが、乳飲み子を抱える身であれば、春日山城へ駆けつけることもできないだろう。

――うのよ。御館さまをお助けしておくれ。

涙ながらに訴える綾の悲痛な叫び声が、うのには聞こえる気がした。

(綾御前さま、私が必ずや御館さまを越後へ連れ戻します)

あの男には――武田晴信には、断じて景虎を渡すものか。

うのは心当たりの場所があるとは明確に言わぬものの、景虎を捜すため、城を出る

ことを願い出た。前に信濃へ供をさせた直江家の家臣を二人連れて行きたいというう
のの願いも、実綱によって聞き届けられた。
実綱はうのに何も尋ねはしなかったが、
「何としても、御館さまを連れ戻せ。それができなければ、この越後は崩壊するぞ」
とだけ、うのに言った。
うのは硬い表情で、「はい」とうなずいた。

うのは直江家の家臣と共に、信濃の下諏訪へ馬で馳せた。
季節は夏も終わりかけた頃で、道端の木々の緑は濃く、蝉が間断なく鳴き続けてい
たが、そのようなものはほとんどうのの耳目には入らなかった。
ひたすら馬を駆けさせ、うのの一行は二日後には信濃の毒沢の鉱泉にたどり着いて
いた。しかし、鉱泉に人の姿はなく、小屋も空《あ》いている。
かつて世話になった名主《みょうしゅ》万作の家を訪ねてみると、万作はすでに病で亡くなったと
いうことであった。
孫を養子に迎えて、家を継がせると話していたが、それを実現したらしく、若い夫
婦が住み込み、万作の老妻と共に暮らしている。
しかし、若夫婦は無論、万作の妻もまた、景虎らしい女の姿を見ることはなかった。

(仮に、ここへ御館さまが来ていたとして、女子の形《なり》をしておられるのか。それとも、男の格好のままでいらっしゃるか)

うのにも想像がつかない。

信に逢いに来たというのならば、女子の形をこしらえもするだろうが、うのにはそのようにも思えないのだ。いったん思い切ると決めたことに、未練がましい態度を取るのは、景虎らしくない。

(ただ一人で、考えごとをしたくて、御館さまはここへ来られたのではないか)

うのはそう思い巡らしていた。

しかし、下諏訪に景虎の姿はなかった。

うのはそれから、上諏訪の寺を訪ねることにした。

(もしも、そこに御館さまがいらっしゃらなければ、私はどうすればよいのか)

もう他に心当たりなどはない。

上諏訪へ向かう道中、疲れ果てた体を馬の背に任せながら、うのの内心は波立ち始めた。寺へ着くことが怖くてならない。

いっそのこと到着しなければよいとさえ思いつめ、かといって、景虎が今、どうしているのか、分からないのは死ぬよりつらいとも思う。うのの心は激しく乱れていた。

そして、そんなうのの心を反映するかのように、先ほどまで晴れていた諏訪の空は、いつの間にか曇り始めた。

前方に見える霧が峰の上空は、灰色の雲が重苦しく立ち込めている。

やがて、雨粒がうのの顔を打ち始めた。この季節らしくない大粒の雨である。

そして、雨量は一気に増え、空からは桶の水をぶちまけたような雨が降ってきた。

「どこぞで、雨宿りをいたしますか」

後ろを走る家臣たちが、うのに向かって声を張り上げてくる。

「いいえ、このまま参る」

うのは後ろを振り返りもせず、大声で叫び返した。

手綱を握る手が雨ですべる。うのは振り落とされまいと、馬の首にしがみついた。

一刻でも早く景虎を見つけなければ、何かとんでもない事態になるような気がする。

うののそうした焦慮が移ってしまったかのように、うのの乗る馬は狂ったような速さで、泥をはねながら雨の中をひた走る。

やがて、うのの乗った馬は、霧が峰を望む古寺の前へ到着した。

雨はこの時には小降りになっている。うのは雨を吸って重くなった髪や小袖にかまうこともなく、馬から降りた。体がやけに重い。

気持ちだけは焦っているのだが、体の動きがそれに追いつかず、うのは足を引きずるようにして寺の門へ向かった。

「誰だ――」

門をくぐったところで、鋭い誰何《すいか》の声がかかった。

うのが顔を上げて、そちらを見ると、視線の先には見覚えのある男の顔がある。

信――景虎の前ではそう名乗っていた、武田晴信本人であった。

二

「そなたは……」

信はうののことを見覚えていた。

まともに口を利いたことはなかったが、二度ばかり顔を合わせたことはある。信にしても、景虎のことを忘れかねており、その縁に連なるうののことが記憶に焼きついていたということだろう。

信もまた、雨に降られながらこの寺へやって来たのか、雨に濡れそぼっている。だが、それにかまう様子は見せず、信はつかつかとうのに近付いてきた。

「お虎の侍女だな」

信はうのの両肩に手をかけて叫ぶように言った。うのが答えないでいると、その肩をつかむ手に、ものすごい力が加えられた。うのは痛みに顔をしかめる。

「お虎は今、どこにいる」

信の眼差は怖いくらい真剣だった。

「そなたがここへ来たということは、お虎の身に何かがあったのか。それとも、お虎から俺に言づてでもあるのか」

その切羽詰まった物言いは、とても偽りとは思えなかった。

(信殿は御館さまとは逢っていない)

消息も知らないのは間違いないと、うのは確信した。

ならば、この男にもはや用はなかった。今、景虎が行方知れずであることも、知らせる必要などはないのだ。

「肩が痛うございます」

うのは冷たく言って、信の手を振り払った。

「ああ……」

信は夢から覚めたように言い、

「済まぬ」

と、素直に謝罪した。だが、お虎のことはあきらめきれぬといった様子で、うのに鋭い視線を向けた。

「頼む。教えてくれ。お虎はどこにいるのだ。俺はお虎の姿が消えて以来、この寺に通い続けてきた。いるはずもない、もうお虎は俺の前から去ったのだと、何度も何度も自分に言い聞かせたが、それでも想い切れなかった。もしかしたら、戻ってきてくれているのじゃないか。今度こそ、俺を待ってくれているのじゃないか、と——」

「お虎さまは自らのご意志で、ここを立ち去られたのでございます。あなたさまと共に生きる人生を、切り捨てたのは、お虎さまご自身です」

うのの激しい言葉に、信は反論しなかった。雨に濡れそぼりながら、うな垂れるその横顔に孤独の翳が張り付いている。

「おそらく、そうなのだろう。俺も分かっている。だが、この寺で過ごした時のお虎の態度は、俺を嫌う女のものではなかった。お虎は俺を想うてくれていた」

「たとえそうだとしても——」

うのは信の言葉を遮って、叫び返していた。

「それが、何だというのです。お虎さまは、あなたとは共に生きてはいけぬお人なのです」

「それは分かった。だが、たぶんそうだろうと考えるだけでは、俺はお虎を想い切ることができぬのだ。だから、はっきり俺に教えてくれ。お虎がどういう女なのか。どういう事情があって、俺と共に生きられないのか。それを聞けば、俺も納得できるかもしれん。ようやくお虎のことを想い切れるかもしれん。そうでなければ、俺は永久にお虎の面影から逃れられぬ」

そんなことは自分の知ったことではない——うのは内心でそう言い返した。勝手に苦しめばいい。どれだけ苦しもうが、景虎は永遠にお前のものになりはしないのだ。

うのはふてぶてしい顔つきで、黙りこくっていた。その様子に、信も感じ取るものがあったのだろう、

「そなたが口をつぐんでいるのならば、俺は俺のやり方で、お虎を捜すまでだ」

信は思いつめたような口ぶりで言い放った。

「たかが女一人、俺が手に入れられぬと思っているのか。お虎が何者であろうと、仮にもう夫がいようが子があろうが、俺の手に取り返してみせる。お虎は俺の女だ！」

信は何かに憑かれたような眼差を、うのに向けて咆え立てるように叫んだ。その挑むような態度が、うのの中の何かを壊した。

「あなたさまが何をなさろうと、あの方はあなたさまの女子にはならぬ！」

雨脚は強くなる一方で、弱まる気配を見せない。信と自分の間に立ち込める雨の壁を突き破るような勢いで、うのは叫び返した。

「どういう意味だ」

信が右足を一歩、うのの方に詰め寄せる。うのは後じさりしながら、信を強く睨み

返した。

「あの方には、もうかまわないでくださいっ！」

「何ゆえだ。お虎は俺を愛していた。いや、今も愛してくれているはずだ」

「想い合っていれば、結ばれるとでも――？　あなたさまはそのようなお立場の人ではありますまい」

「どういう意味だ」

信の表情がそれまでとは違う強張り方を見せた。うのを警戒するような色が、その目には浮かんでいる。うのはもう止まらなかった。

「あなたさまは、甲斐の武田晴信さまでいらっしゃるのでしょう」

うのは息継ぎもせず一気に言った。

「何だと……」

信の口から驚きの声が漏れたが、それを否定する言葉は漏れなかった。

「そうであれば、お虎さまお一人を愛することなど、できるお立場ではありますまい」

「俺に妻がいることが気に食わぬというのか。確かに、俺はお虎を側室としてしか、迎えてやることができん。だが、こればかりはどうにもならぬ。出逢う順番を変えることはできなかった。俺はお虎に出会った時から、お虎一人に夢中になってしまったのだ」

　信の物言いは真剣そのものではあったが、このような男の言葉を鵜呑みにできないことくらいは、うのも知っている。武田晴信が正室三条夫人との間に、数人の子を生《な》し、さらに、諏訪頼重の娘である諏訪御寮人との間にも男子を一人儲けた話は、越後にも届いていた。

　特に、晴信が諏訪御寮人を半ば強引に側室にした話は、景虎を不快にさせずにはおかなかったのである。だが、そんなこととも知らぬ信は、

「美しい女も賢い女も、この世にはいる。だが、お虎ほど凛々しく、無垢で清らかな美しさを持つ女はいない」

と、さらに言い募る。それから信は、顔に落ちかかった雨粒を乱暴にぬぐうと、はっと何かに気づいた様子で、うのの顔を見つめ直した。

「まさか、お虎は俺の正体を知って、姿を隠したのか」

信の誤解はもっともなものではあるが、見当違いである。うのは首を横に振った。

「あの方は、あなたさまの正体をご存知ではないと思います」

「ならば、なぜ――」

　再び激しい口ぶりになる信に、うのはもう一度、首を横に振ってみせた。もうこれ以上何を話しても無駄だというつもりであったが、その思いは信には伝わらなかった

ようだ。

「頼む。お虎に逢わせてくれ。お虎にすべてを打ち明け、想いの丈を伝える機会を俺に与えてくれ。さすれば、俺はお虎を説得してみせる。お虎が俺を怒っているのなら、許しを請う。とにかく、一度だけお虎に逢わせてくれれば……」

「そんなことはまったく無駄にございます」

信の必死の願いを、うのは冷たい物言いでしりぞけた。

「どうしてだ。何ゆえ、そのようにそなたは言い切れる」

その憮然とした信の物言いを聞いた時、うのの心に激しい憎しみが湧いた。この男はどうしてこうも自信家なのか。どうして、お虎が自分を愛していると信じ込み、お虎に逢いさえすれば、お虎のすべてを我が物にできると信じることができるのか。

この無神経さが、女を苦しめる。

こうした男の図太さが、女の人生を捻じ曲げるのだ。

景虎を苦しめている原因は、すべてこの男にある。この男さえ景虎の前に現れなければ、景虎は今ほど苦しむことはなかったのだ。

そう思うと、うのは頭の中が真っ白になった。降りしきる雨音もなぜか聞こえなくなった。

「あの方が、あなたさまの敵だからでございます」

うのの口は勝手に動き出した。自分でも何を言っているか自覚していない。

「敵だと――」

「あの方は、越後の守護代、春日山城の御館さまでいらっしゃいます」

うのは淡々とした声で続けた。

「馬鹿な！　春日山城の主は、長尾景虎と聞いているぞ」

「ですから、その景虎さまがお虎さまなのです」

越後の長尾景虎が女である――その秘密を、甲斐の武田晴信に知られることが、どのような影響を今後の越後に及ぼすか、そのようなことを考える心のゆとりはもう、うのにはなかった。

ただ、茫然とした信の――武田晴信の表情を見た時、胸がすうっとするような爽快感があった。

武田晴信はもう、うのに何も言わなかった。

晴信をその場に残したまま、うのはゆっくりと踵《きびす》を返した。その時、大地を打つ雨の激しい音が、うのの耳に突然、流れ込んできた。

三

その頃、春日山城では――。

林泉寺の天室光育禅師が、青岩院を訪ねて来た。

「御館さまらしいお姿を高野山で見かけたという話が、耳に入りましてな」

高野山で修行をする知人の僧から、知らせがあったという。もっとも、その僧は景虎の顔を知るわけではなく、小耳に挟んだ話を不審に思い、天室禅師に知らせてきたのであった。天室禅師が景虎の師であることは、広く知られていた。

天室禅師は折しも、もはや隠し通すこともできず城下にまで広まっていた景虎出奔の報と照らし合わせ、青岩院に知らせてくれたのであった。

「景虎殿は何ゆえ、高野山なぞへ――」

青岩院の疑問に対し、

「御館さまは信心深い御方にございますれば、おそらくはご出家を願われてのことではないかと思われますが……」

と、天室禅師が答えた。

「されど、高野山は……」

青岩院はそこで口を閉ざす。

高野山は女人禁制の山――それは、広く知られたことであった。高野山には入山するための七つの入口があるが、女人が入れるのはそこまでで、それぞれの入口には女人堂と呼ばれる御堂がある。高野山を訪ねて来た女人は、この七つの御堂をめぐり歩くので、その道は女人道と呼ばれていた。

それなのに、景虎はなぜ高野山を目指したのか。

景虎の出家への願望は理解できるとしても、なぜ高野山なのかは理解しかねる。青岩院が言いかけたのはそのことであったが、天室禅師はおもむろに口を開いた。

「人は自分に何ができるか、その限界を突き詰めたいと思うことがありましょう。されど、それは裏を返せば、自分には何ができないか、それを知ることでもあるのです」

その言葉に聞き入った青岩院は、ややあってから、静かにうなずいた。

「禅師さまのおっしゃることは、何やら、分かるような気もいたします」

女人であるがゆえにできること、できぬことがある。

景虎は常にその境目に立たされ、苦しみながら生きてきたはずだ。

そして、今、景虎は男として生きることに疲れ果て、といって、女に戻ることもできず、高野山を目指したのではないか。

青岩院と共に、天室禅師の言葉を聞いた綾の夫長尾政景は、無論、そんな景虎の事情は知らない。

「では、それがしが、高野山へ御館さまをお迎えにまいりましょう」

と、ただちに言った。

「確かに、政景殿が行ってくだされば、心強うございますが……」

青岩院の言葉はしだいに先細ってゆく。

景虎の義兄であり、重臣たちの筆頭格でもある政景は、景虎を迎えに行くのにふさわしい。しかし、これまでの経緯を思えば、果たして政景が景虎を連れ戻せるのか。

政景の説得を、景虎が聞き入れる気持ちになるかどうか。

青岩院の不安はそこにある。

それを察したのか、天室禅師が横から口を挟んだ。

「それでは、愚僧が政景殿の御供をさせていただこうかの」

その言葉に、青岩院の表情も明るくなる。

「禅師さまのご説得があれば、景虎殿も心を入れ替えてくださりましょう」

こうして、政景と天室禅師の二人が、高野山にいるという景虎を迎えに行くことになった。

人知れず信濃へ出向いたうのは、まだ春日山城へ戻って来てはいない。

上田長尾家の家臣らを五人ほど伴い、政景と天室禅師は高野山を目指すことになった。天室禅師は馬を操ることができたが、やはり鍛え上げた武人の腕前には遠くおよばない。

そこで、政景は途中で、家臣を一人天室禅師につけ、自らは先に高野山へ急ぐことにした。

「御館さまはおそらく、山へ入る入山の御堂のいずれかにおられるだろう」

天室禅師は先に行く政景にそう教えた。

それは女人堂と呼ばれる御堂であったが、政景はくわしいことを知らない。どうして景虎がそこにいると思うのか、その理由を尋ねることもなく、そういうものなのだろうと納得した。

「それでは、御堂を回って、御館さまをお捜しし、まずは山へ入られるのをお止めいたします」

景虎が高野山の中へ入ることはないだろうが、そうとも知らぬ政景は意気込んで言った。

「禅師さまがご到着になるまで、それがしが御館さまをお引き留めいたしておりますので――」

政景は言い、天室禅師より先に馬を走らせて行く。

越後から高野山へ行くには、信濃から美濃を通って近江へ抜けるか、越中、越前の北陸道を使って近江へ出てから南下するか、そのどちらかである。

この時期、美濃はすでに斎藤道三とその息子義龍《よしたつ》との対立が激化しており、非常に危険な状態だった。美濃は避けて北陸道を使う方が安全である。

そこで、政景は北陸道を伝って近江から京を経て、紀伊国へ入った。その間、寺や百姓家に泊めてもらえればよい方で、時には野宿しなければならぬ日もあったが、政景はとにかくひたすら高野山への道を急いだ。

途中で追いつけなくなった者がいても、待つことはせず、政景は五日で高野山への入山口である高野七口の一つに達した。北の方角から南下した政景が最初に到達したのは、不動坂口である。そこの御堂には数人の女人参拝者がいたが、景虎の姿はなかった。

政景は最後まで供をした家臣二人を、その場に残し、そこからは一人で、左回りに御堂をめぐって女人道を進んで行った。次の大門口は金剛峯寺へ参詣するのに最も近い入山口で、途中、政景は幾人もの参拝客らしい男女を追い抜いたり、彼らとすれ違ったりした。

だが、大門口の御堂にも、景虎の姿はない。

政景はそこからさらに南下した。大門口を越えてしまうと、道を行く人の姿はめっきり少なくなり、次の龍神口に到達した時には、政景の周辺に人影はなかった。

政景はそこの御堂の戸口を開けた。

中には、人の気配がある。政景ははっと身構えた。

御堂の中の人物も、緊張したようであった。

政景は「失礼いたす」と断ってから、中へ足を踏み込んだ。すると、

「政景殿か——？」

少しくぐもった低い声が、中から聞こえてきた。政景は弾かれたように、

「御館さま！」

と呼びかけた。

今度は返事がない。だが、中に景虎がいることは間違いなかった。

政景は御堂の戸を閉め、さらに中へ足を進める。中は薄暗いが、明り取りの窓があるので、しだいに目は慣れてきた。入ってすぐの空間は十間のようだったが、すぐに板敷きの間になっており、景虎はそこに正座しているようだ。政景もまた、草鞋を脱いで板敷きに上がった。

畳二畳分くらいの狭い板間である。政景がそこへ足を踏み入れると同時に、景虎が立ち上がりかけた。それを見た政景が、すばやく景虎の前に端座する。

景虎はどうしてここへやって来たのかとは、問わなかった。ただ、強張った顔をして、政景を睨み据えるように見つめている。

政景も何も言わなかった。しばらくの間、二人は睨み合うように黙り込んでいた。

やがて、先に沈黙を破ったのは、景虎の方であった。

「越後のことは、その方らの好きにすればよい。私は当初からの念願に従って、出家することに決めたのだ」

低い声で景虎は言った。

「ご出家ですと！　急に何ということを――」

政景は腰を浮かして叫ぶように言ったが、景虎の表情に変化はない。

「関東管領の上杉憲政殿をお立てするもよし、あるいは、長尾家の血を引く者を守護代にしてもよかろう」

「何を仰せですか。御館さまより他に、守護代にふさわしい者など――」

「栖吉の伯父上（景信）もいれば、そなたもいる。どちらにも決まらぬのであれば、そなたの息子を我が養子にしてもよい。いずれにしてももう、越後のことはその方らに任せる」

景虎は淡々とした声で告げた。もはや越後国のことには関心がなくなったような物言いにも聞こえる。

「御館さま、一体、どうなさってしまわれたのですか。今の御館さまは、それがしにはまるで別の御方を見ているようでございます」

政景は必死に訴えたが、景虎が心を動かした様子は見られなかった。

「そなたに息子が生まれ、家臣どもが我が跡継ぎの件で騒ぎ立てる気持ちも分からなくはない。いずれにしても、私は養子を迎えることになるのだ。家臣どもにとって大事なのは、次なる跡継ぎが誰かということなのだろう。ならば、私があの城にいる意味があるのか」

景虎は言い終えると、ひどく疲れた様子で息を吐いた。春日山城では決して見ることのなかった態度であった。

「御館さま……」

政景の口から、気がかりそうな声が漏れる。

「御館さまはお疲れなのでございましょう。お若い時に春日山城の主となり、それがしが申すのも憚りながら、反対勢力を平らげ、御館さまを頼る関東管領や豪族たちを守り、武田軍とも矛を交えてこられた。誰しもさような時がございます。まずはお心を和らげ、ご出家なさるなどと即断はお控えなされませ」

「そなたが私を気遣ってくれるとはな」

景虎は皮肉っぽい笑みを漏らした。

「私が春日山城から消えることを、誰より願っていたはずのそなたが……」

「さように思うたことがないとは申しませぬ。されど、御館さまに降伏いたしてより、この政景、御館さまに二心を抱いたことはござりませぬぞ」

「それは分かっておる。ゆえに、今、城を出たのだ。そなたに息子ができた今であれば、家臣どもはそなたに従うだろう」

「そうはなりますまい」

政景は渋い顔で首を横に振った。

「今、御館さまが城を出られれば、栖吉の景信殿とそれがしの間で、国を二分する戦いとなりましょう。そもそも、栖吉長尾家と上田長尾家の因縁は、今の代だけのことではありませぬゆえ」

「そうかもしれぬ。されど、それを抑えられぬ者では、これからの越後を統治してはいけまい」

「御館さまはそれがしを試しておられるのですか」

政景がはっと表情を強張らせて尋ねた。

「もしや、御館さまはそれがしに、謀叛の心があるのではないかと疑いをかけられて、かようなことを――」

「いいや」

景虎はゆっくりと首を横に振る。

「そなたの申す通り、越後の国主であることに疲れたのだ。そして、出家したいと心から願うたのも、生まれて初めてのことだ。そう思い立つと、居ても立ってもいられなくなって、ここまでやって来た」

「御館さまっ！」

政景が思わず腰を上げる。景虎は反射的に腰を引くと、

「もはや、私にはかまわないでくれ」

相変わらず物憂げな調子で言い放ち、立ち上がった。

それから、もはや政景とやり取りをするのも面倒だというように、政景の横をすり抜けて、御堂を出て行こうとする。

「御館さまっ！」

政景は急いで体をひねり、自分の脇をすり抜けて行こうとした景虎の手首を素早くつかんだ。その途端、景虎の様子が一気に激変した。

「何をするか、無礼者っ！」

鞭を振るうような激しい叱責が飛ぶ。気の弱い者ならば、それだけで恐れ入ってしまいそうな厳しい声であったが、政景はさすがに退かなかった。むしろ、ふだんの景虎に戻ったことに勇気を得て、

「無礼は承知の上。お叱りは後でどれだけでもお受けいたしましょう。されど、今はどうあっても、御館さまを春日山城へお連れ申し上げねばなりませぬ」

政景はきっぱりとした声で言い、景虎の手首を離さなかった。

「おのれ、政景。我が手を放さぬか」

「放しませぬ。死んでもお放し申しませぬ」

政景は頑ななまでに言い、手首をつかむ手にいっそう力をこめた。

政景は細身の体つきだが、景虎より頭一つ分、背が高い。がっしりとした体格の武人が多い越後の豪族たちの中で、政景はどちらかといえば変わり種である。

公家ふうの優しげな顔立ちに、立ち居振舞いも洗練されていて、春日山城の侍女たちの間でも人気があった。

そうした風貌のせいか、腕っ節の強さは大したことがないように見られがちだが、この時、景虎は政景の手を振り切れなかった。

「御館さま……?」

政景の声に不審の色が混じった。

その直後、景虎は渾身の力で腕を引いた。政景の方に油断もあったのだろう、この時、景虎の手首をつかんでいた政景の腕は前へ引っ張られた。

「御館さまっ！」

景虎に逃げられてはならぬと焦った政景は、空いている方の左腕を広げ、そのままかき抱くように景虎の体を捕らえた。背が高い分、政景は腕も長い。小柄な景虎の体は政景の腕に捕らわれた格好になる。

「ええい、何をするか」

景虎は政景の腕の中でもがいた。勢いそうはさせまいと、政景の腕にも力がこめられる。政景は景虎の手首をとらえていた右手を離し、両腕で景虎を押さえ込む体勢になった。

ややあって、景虎は抵抗するのをやめた。

政景はなおも景虎を抱きすくめた格好であるが、その表情は蒼ざめていた。

「……御館さま、あなたさまはまさか――」

先ほど、初めて景虎の手首に触れた時からの疑念が、政景の中でしだいに膨らみ始めていた。

細いばかりでなく、思いのほか骨の太さと厚みが感じられない。さらに、男にしては小柄なその体を抱きすくめてしまった時、どうしても気づいてしまう事実があった。

それは、さらしをきつく巻いて隠していても、着衣を通して感じられる胸の膨らみであった。

政景の体はどういうわけか、小刻みに震え始めた。そして、無意識のうちに、それを抑えようとしてか、景虎を抱く腕はますます強くなる。

政景がそうして動揺すればするほど、逆に景虎の方は落ち着きを取り戻していった。

「放せ――」

景虎は静かな声で命じた。政景の方はその声も届かぬのか、なおも必死の力をこめて景虎を抱き締めてくる。

「放せと申しておる、政景」

景虎は冷たい声で言った。

自らの名を呼び捨てにされて、ようやく政景は我に返った。

「お、御館さま……」

「これ以上、私にみじめな思いをさせるな」

景虎の言葉に、政景は自分が何をしているのか、やっと気づいた。自分が自由を奪っている相手が、自分の主君であるということに――。

「も、申し訳もございませぬ」

政景はそう言って、景虎から体を離すや、がばとその場に膝をついて平伏した。

「そうかしこまることはない。私は本来ならば、そなたからそのように扱われる人間ではない」

景虎は皮肉な口調で言った。

政景は平伏したまま、言葉もない。

景虎はもう御堂の外へ出て行こうとはしなかった。景虎は立ち尽くしたまま、政景は頭を下げたまま、ただじっと二人は沈黙し続けていた。

「姉上も、栖吉の伯父上も、直江実綱も、知っていることだ」

ややあってから、景虎はぽつりと言った。

同じ長尾一族とはいえ、姉綾の夫であるとはいえ、政景に女であるという事実を知られたことは、景信や直江実綱に知られたのとは、わけが違う。

今でこそ、景虎を主として立てているとはいえ、政景には明らかな野心があり、かつては景虎に謀叛まで起こしたのである。その胸の奥底に、今もなお消え残った野心の火が燻《くすぶ》っていないと、どうして言えるだろうか。

「世間に触れ回ればよい」

景虎は淡々とした声で命じた。

「……えっ」

政景がひれ伏した顔を上げて、景虎を見上げる。政景の顔は先ほどよりもいっそう蒼ざめていた。

「すべてを家臣どもに告げて、そなたが越後の守護代となれ」

「お、御館さま――」

政景が声を震わせながら、景虎を呼ぶ。だが、それ以上の言葉は政景の口からは出てこなかった。

「なりたかったのだろう、長尾家の当主に――。越後の守護代に――」

「いえ、それがしは……」

政景はそれだけ言うなり、うな垂れてしまった。

景虎ももう何も言わない。

二人は、後から追いついた天室禅師が御堂の中へ姿を現すまで、そのままの格好で固まった石のようにじっと動かなかった。

四

その後、天室禅師が上田長尾家の家臣と共にやって来ると、景虎はもう我を張ることはなかった。

「いったん自分で選び取った道を投げ出すような者は、たとえどれだけ年を取ろうと、天命を見出すことはできませぬぞ」

天室禅師の一言は、景虎の心には重石《おもし》のようにのしかかった。

景虎はあえて反論もせず、黙って師の言葉を聞いている。

　一方、政景は天室禅師の前では、まったく無言であった。

　結局、景虎は天室禅師と政景に説得される形で、高野山の女人堂を後にし、越後へ帰ることになった。その道中、

「家臣団のことは、それがしにお任せくださいませ。御館さまが春日山城へお戻りになる前に、御館さまへの忠誠を誓わせ、今後一切、長尾府中家の家督相続に口を挟まぬよう、説得しておきますゆえ」

　政景は一言だけ言い、近江へ入ったところで、景虎および天室禅師と別れ、自らは家臣一人のみを連れて馬を飛ばし、先に越後へ帰って行った。

　政景は景虎に述べたことを、確実に実行した。

　景虎が春日山城へ戻った時、自分たちの利害ばかりを言い立てていた豪族たちは、政景を中心に一つにまとまっており、以後、景虎に対し二心を抱かぬことを誓ったのである。

　また、景虎が春日山城を空けていた間に、謀叛を起こした大熊朝秀の軍勢も、政景指揮の下、難なく討ち破ることができた。

（政景は……私のことを、誰にも話しておらぬのか）

　景虎には、政景の内心がつかめない。

　政景は今なお、野心を捨ててはいないだろう。景虎の持つ権力を奪うためには、た

だその秘密を明かすだけでよいのである。

政景は長尾家の血を引き、その上、景虎の義兄で、府中長尾家の血を引く跡継ぎの息子までいるのだ。上田長尾家と対立していた古志長尾家の景信でさえ、政景と綾の間に生まれた息子が景虎の後継者となることに、よもや反対はしないだろう。

（それなのに、何ゆえ――）

この度の一件以来、景虎に対する政景の態度は変わった。

まず、春日山城へ出仕する日数が減った。坂戸城に引きこもることが多くなり、春日山城へ出仕しても、景虎を避けるようにしている。どうしても対面が避けられない時さえも、まともに景虎の方を見ようとしない。

その上、どうやら政景は妻の綾にさえ、自分が景虎の秘密を知ったことを話していないようなのだ。

だが、政景がどうして口をつぐんでいるのか。景虎はその理由を直接尋ねることもできなかった。


やがて、半年がそのままの状態で過ぎ、弘治三年が明けた。

この年の二月、和睦の盟約を破って、武田晴信が信濃に侵攻してきた。長尾家の縁戚でもある信濃の豪族高梨氏の居城飯山城を攻撃したのである。

「おのれ、武田晴信め。先の合戦で和睦を申し出たのは、あやつの方ではないか」

それを自ら破ったばかりでなく、二月であれば、雪に閉ざされた景虎が出兵できないと見込んだ上での侵攻であった。

「どこまでも、汚い計略をめぐらす奴め」

景虎は激怒し、四月、信濃への進撃を開始する。

この時の景虎は、信濃国奥深くまで進軍し、武田方の諸城を攻略した。両軍は上野原で対戦するが、決定的な勝敗はつかぬまま、景虎は九月に、晴信は十月にそれぞれ兵を引き揚げている。

この時、京では将軍足利義輝が三好長慶、松永久秀によって、近江国朽木谷《くつきだに》へ追われるという事件が起こっていた。足利義輝はこのため、長尾景虎の上洛を強く望んでいた。

そうした事情から、足利義輝が武田、長尾両軍の調停に入ることになる。

権威を重んじる景虎は、この将軍の申し出を了承したが、武田晴信は和睦の条件として、信濃守護職の座を要求した。この要請は聞き届けられ、永禄《えいろく》元（一五五八）年、晴信は信濃守護の座を手に入れている。

この翌年、武田晴信は出家して、その名を信玄《しんげん》と改めた。

うのはその報を、春日山城で聞いた。

——まさか、お虎は俺の正体を知って、姿を隠したのか。

——頼む。お虎に逢わせてくれ。お虎にすべてを打ち明け、想いの丈を伝える機会を俺に与えてくれ。

上諏訪で聞いた信の言葉が、うのの耳許で鳴っている。うのは春日山城へ戻って来た景虎に、信濃での出来事を告げてはいない。景虎もまた、なぜ高野山へ向かったのか、その胸の内をうのに語ることはなかった。

信の登場によって、二人の間に生まれた溝は、もう埋め尽くすことができないものになったと、うのも感じている。

だから、うのも景虎に秘密を持った。信濃で信に会ったことを、景虎に告げることは一生ないだろう。

信——武田晴信が、お虎の正体を知ってしまったということも——。

(あの方は……景虎さまのことをあきらめるため、ご出家なさったのだろうか)

うのだけが抱いた疑惑を、景虎に告げることはできなかった。

七章　信玄の軍扇

一

関東管領上杉憲政が、北条氏康に敗れて越後へ逃れてきてから、八年の歳月が過ぎた。

永禄三（一五六〇）年、いよいよ景虎は上杉憲政が失った権威を取り戻すため、関東への出陣を決断する。

これより以前から、上杉憲政は景虎に対し、

「我が養子となって、山内上杉家と関東管領職を継いでほしい」

と、要請していた。

この一年前、将軍足利義輝の要請を受けて上洛した景虎は、義輝からすでに関東管領就任の許しを得ている。

このことを受けて、景虎は関東の諸豪族に対し、北条氏討伐を呼びかけた。

「兵力を持たぬわしには、もはや関東管領職を果たす力とてない。力のあるそなたが、

足利幕府の権威を関東に取り戻してほしい」

上杉憲政は景虎に頼み、景虎もまた、

「私が関東の平和を実現させてご覧に入れます」

そう誓いを立てて、関東へ向けて出陣した。

景虎はこの時、立ち向かう北条軍を次々に討ち破り、ついには北条氏の居城である小田原城を包囲するに至った。が、小田原城の守りは厚く、その上、北条氏は同盟を結んでいた武田信玄に、助けを求めた。

これによって、武田信玄は再び信濃へ兵を進め、相模の景虎軍を背後から脅かすことになる。

景虎は永禄四年の三月、鶴岡八幡宮にて正式に、上杉憲政の養子となって山内上杉氏を相続し、関東管領職に就任した。名も養父となった憲政の偏諱《へんい》を受けて、政虎《まさとら》と改めている。

そして、政虎はいったん越後へ引き上げたものの、この間に、信濃へ侵攻した武田信玄は川中島に海津城を築いていた。

同年八月、政虎は武田信玄との決戦のため、信濃へ進軍することを決断する。最初の合戦から数えて、四度目の決戦であった。

「こたびは、私が関東管領となって初めての戦いとなる。何としても、武田信玄めを我が足下にひれ伏させてくれようぞ」

政虎の合戦に懸ける決意も、並々ではなかった。

出陣前の七日間、政虎は春日山城の毘沙門堂にこもり、戦勝を祈願することを宣言した。

毘沙門堂は今では、政虎が一人で静かに考え事をめぐらす場所となっていた。

家臣らの立ち入りは禁じられており、中へ入ることを許された侍女はうの一人である。そのうのでさえ、食事の世話以外では、勝手に立ち入ることを禁じられていた。

毘沙門堂への入口は一つだけで、明り取りの窓もない。中では、常に蝋燭に火が灯されており、その数は政虎の気分によって増えたり減ったりした。

蝋燭の火が少ない時、奥に安置された毘沙門天の木像の顔は、何とも恐ろしく見える。また、その木像は邪鬼を踏みつけにしているのだが、その邪鬼のいかにも口惜しそうに、苦しそうにあえぐ表情は、毘沙門天の顔以上に恐ろしかった。

特に、うのはこの毘沙門堂へ政虎の食事を持って入る度、この邪鬼といかに目を合わせないようにするか、気を遣《つか》わねばならなかった。目が合えば、震え上がりそうになる。

（あの鬼は私だ……）

そう思うのを止められなかった。

犯した罪を毘沙門天に——政虎に見抜かれ、足で踏みつけにされている邪鬼は、うのそのものであった。

(私の罪はいつの日か、政虎さまに知られてしまう——)

いや、もうすでに、政虎は知っているのではないか。

うのはそんな疑心暗鬼に駆られながら、政虎に仕えているのであった。

うのが食事の持ち運びに出入りするより他は、毘沙門堂はしんと静まり返っている。政虎は常に毘沙門天と相対するように座り、目を閉じて黙想するのが常であった。しかし、時折、政虎の目がかっと見開かれ、まるで挑みかかるように毘沙門天の顔を凝視する。

(毘沙門天さま——)

だが、そういう時、政虎は毘沙門天に挑んでいるのではなく、問いかけているのだった。

(お教えください。私の天命とは、一体、何であったのか)

毘沙門天の像に重なるように、幼い頃よりの師である天室光育禅師の顔が浮かんでくる。

(あの時——)

政虎は再び目を閉じた。

（あの時、どうして私の許に、政景と禅師さまを遣わされたのですか）

政虎の意識は、高野山の女人堂でのひと時に飛んでゆく。あの御堂もまた、この毘沙門堂のようにひっそりと静まっていた。

長尾政景と天室禅師がやって来るまでは――。

（私は、あの時の自分がどんな心持ちでいたのか、今でもよく分からない）

何ゆえ、急に出家をしようと思い立ったのか。

何ゆえ、急に春日山城を出ようと思い立ったのか。

何ゆえ、越後の家臣や民、自分を頼ってくれる関東管領の上杉憲政や関東の豪族たちを、すべて見捨ててしまえたのか。

常の自分であれば、決して為し得ることではなかった。いや、そうしようと思いつきさえしなかっただろう。

だが、あの時だけ、

（私は、常の私でなくなっていた……）

と、政虎は思う。

常の自分でない自分とは、どういう自分の姿なのか。

今さら、毘沙門天に問い直すまでもなく、政虎は自分で分かっていた。

（自分のことしか考えぬ、身勝手極まりない私――）

思い返せば、幼い頃より、自分がどうしたいのかということを、深く考えてみたことはなかった。それよりも、人が自分に何を望んでいるのか、それを先に考えていた。生れ落ちたその時から、父為景によって「男たれ」と望まれたのだ。そして、物心ついた時に、自分がその男でないことと、男として生きることが父の希望だということを、同時に知った。

いや、父以外にも、政虎が男として生きることを望む者は大勢いた。

伯父の景信しかり、兄の晴景しかり――。

母の青岩院は女だけに、景虎の宿命を哀れんではくれたものの、毘沙門天の申し子として為すべきことを為してほしい――という期待をかけ続けた。

もちろん、政虎自身の願いでもあった。

自分を疑いなく毘沙門天の申し子だと信じることが、いかに傲慢な考えかということは、幼い頃に天室禅師から教えられた。しかし、そうあらんと生きることは、傲慢とはかけ離れている。逆に、政虎は毘沙門天の意志に叶おうとすることで、より謙虚になることができた。

政虎にとって、毘沙門天の意志とは他者の意志であった。

他の人々の希望に添い、そう生きることが、自分の望みであると信じていたし、そもそもそうした生き方を疑うことさえなかったのである。

信濃国で、信という男に出逢うまでは――。

（あの人に出逢って、確かに私は変わった……）

信はこれまで政虎が知るどの男とも違っていた。

野心にまみれたどぎつさがなく、それでいて、たくましく雄々《こま》しい。孤児たちの暮らしを保護するだけでなく、自らその遊び相手になってやる濃やかな優しさを持ち合わせている。そして、

（己の心を偽りなくさらけ出す、真の強さと誠実さを備え――）

女に対する熱い想いを、いささかの驕りも感じさせぬ素直さで、言葉にも態度にも示せる男――。時折、見せる男の強引さもまた、政虎には愛すべき男の一部であった。

今では、政虎は信を愛していることを疑っていないし、二度と信のような男にもめぐり逢えぬと思っている。

（そのような男に愛されながら、私はどうして、あの絆を断ち切ることができたのだろう）

愛していたのに……。

間違いなく、彼を愛していたというのに――。

越後へ帰ると決断した時、迷いはなかった。そう生きる以外の人生は、想像もでき

なかったし、してはいけないと思っていたのだ。

だが、越後へ帰って来ると、ふとした折に心の隙間へ、たとえようもないほどの虚しさと悔いが入り込んでくるようになった。

年がら年中、そうだというわけではない。

家臣たちと領国統治の件で、意見を交わしている時や、領国の見回りをしている時など、思い出を忘れていることができた。合戦があれば、むしろ都合がよかった。意識を戦いに集中していられるからだ。

だが、しなくてはならない何かから、身が解放されてしまうと、もういけなかった。

――俺がそなたを欲しいと言ったのも、妻にしたいと言ったのも本心だ。だからこそ、これまでそなたに触れなかった。俺の気持ちは分かってくれるな。

――俺はいったんここを離れるが、五日後には必ず戻る。そして、その時、そなたが俺を待っていてくれたなら、もう二度とそなたを帰しはしない。

どうして、あの言葉に従わないことができたのだろう。

どうして、ああも気強く、あの言葉に逆らってしまえたのか。

ふつうの女であれば、あのような時、男の言葉に逆らえるはずがないであろうに……。

（そうなのだ。私は女ではないのだ……）

女ではないからこそ、信の言葉に逆らうことができたのだ。

(姉上でさえ——)

政虎の目には、もの足りぬ男と見える政景を夫にした綾でさえ、政景が坂戸城に立てこもった時、母親も妹も捨てて、夫に従ったではないか。

(そうなのだ。姉上はあんな男でも、愛しておられるのだろう)

それが、女というものなのだ。

そう思うと、居ても立ってもいられなくなる。

どうして、自分は女として生きることが叶わないのか。

——そなたはまこと、女子なのだな。

兄晴景はそう言ってくれた。

そう言われるような自分であるのに、どうして、自分は愛する男が自分に向かって差し伸べてくれた手を、振り払わねばならなかったのか。

そんな思いに苛《さいな》まれていた頃、綾が政景の息子を産んだ。

(姉上が……政景の息子をお産みになった)

その事実が、政虎の心の中の何かを壊した。

何も、姉が憎いわりではない。嫉妬をしているわけでもない。

だが、同じ両親から生まれ、同じ女と生まれながら、片やふつうの女としての人生を生き、今、女として最高の幸せを手に入れた。

そして、もう一方の女は――。

もしも、あの時、越後へ帰る道を選ばず、信の手にすがっていれば、自分も今頃は信の子を抱いていたのではなかったか。

子供たちに慕われていた信の姿を思い出すと、政虎は胸が切り刻まれるような思いがした。

（私は一生、誰かの母にはなれぬ……）

その思いは、もう一つの自覚を生んだ。

生涯、息子を産むことのできない自分は、いずれ後継者を養子として迎えなければならないという自覚である。

その時、綾が産んだ政景の息子ほど、適切な血筋の男子はいないだろう。

（いずれ、私はあの子を養子に迎えるだろう）

政虎はそう思った。

それが嫌だと思うわけではないし、その甥を我が子のように愛することも叶うだろう。だが、父親のように愛することはできまい。母親のように愛することはできたとしても――。

（なぜなら、私は信殿の息子の母になりたかったのだから――）

心中の壊れかけた堰《せき》から、それまでかろうじて止められていた何かが、その時、あふれ出した。

そうすると、もう何も考えられなくなった。

そして、気づいた時、政虎は高野山の女人堂にいたのである。出家しようという明確な意志を持っていたというわけでもなかった。

ただ、あのままの心の状態で、春日山城の主としていたくなかった。綾の息子の顔を見るのもつらかった。

もし、あのまま誰からも発見されることがなかったら、どうしていただろうか。政景が迎えに来ることも、天室禅師が自分で選んだ道を放り出すなと、叱ってくれることもなかったならば――。

（私は、どこかの寺で出家していたのだろうか）

それとも、信濃国へ向かい、信を探していたのだろうか。

だが、どれほどに尋ねようとも、毘沙門天は政虎に、その答えを与えてはくれなかった。

二

政虎が毘沙門堂にこもって、六日が過ぎた日のこと――。

毘沙門天の像と向き合って、堅い板敷きに正座している政虎は、蝋燭の炎がかすかに揺れたことに気づいた。

「うのか?」

戸口に背を向けている政虎は、振り向きもせずに尋ねた。相手からの返事はない。

「用を申しつけてはいないぞ」

若干の非難をこめた政虎の声が、毘沙門堂に響いた。それでも、返事はなかった。

やがて、静かに戸口が閉められた。

政虎一人だった毘沙門堂の中に、別の人間の気配がこもる。その瞬間、政虎は振り返った。中にいるのはうのではないと気づいたのである。

振り返った政虎の視界に入ってきたのは、長尾政景の姿であった。政景は長身であるため、座っている政虎が見上げるような格好になる。

政景はじっと政虎を見下ろしていた。

政虎は何か不自然な気がした。そして、その違和感は、ここ数年の間、政景が政虎を避けるようにし、まともに政虎を見ようとしなかったためだと、すぐに気づいた。

その政景がなぜ今になって、たった一人で毘沙門堂に押し入り、今はひるみもせずに政虎をじっと見つめてくるのか。

（あのことを話すつもりなのか）

政虎は予感した。

あの高野山の女人堂で、政虎の秘事を知って以来、政景がそれを誰にも話していないのは、政虎も知っている。そして、それには何か、政景なりの企みがあってのことではないかと、考え始めてもいた。

「ここへの立ち入りは禁じている」

政虎は厳しい声で言った。

「存じております」

政景はくぐもった声で応じる。

「明日には私も毘沙門堂から出る予定だ。明日まで待てないのか」

「待てませぬ」

政景はきっぱりと言った。

「人に聞かれてはならぬ話がしたいのだな」

「さようにございます」

政景は一度も瞬きせずに答える。政虎は小さく吐息を漏らした。

「よかろう。ならば、ここで聞こう。まずは座るがよい」

「かたじけのう存じます」

政景は言い、主君への礼を失することなく、政虎に向かい合う形で腰を下ろした。向かい合う二人の横からは、毘沙門天の木像が威圧的に見下ろしてくる。

「して、話とは何だ」

政虎の方から政景を促した。

政虎の継いだ上杉家の名跡は、長尾家のものよりはるかに格が上である。その上杉家の後釜の座を要求するのか。あるいは、政虎の跡継ぎとして、自身の息子である喜平次を推したいのか。

いずれにしても、愉快な話ではないが、妥当な要求でもあった。

(その時は――)

呑むしかないと、政虎も思っている。

出家を断念して以来、若き日に選んだこの道を己の天命と信じて生きる決断をした。越後のため、上杉の名跡を継いだ後は関東のため、自分の為すべき務めを果たそうとしてきた。

何らかの形で断念せざるを得ない日が来るとしても、その日までは天命を信じるつもりであった。

そして、今、それが断ち切られようとしているのだと、政虎は覚悟を決めた。

「御館さま——」

政景が思い切った様子で口を開いた。その両眼はいつにない熱気を帯びており、食い入るように政虎の顔を見つめてくる。

「この度の信濃へのご出陣、戦勝を心より祈願しております」

政景は言った。

「うむ。感謝するぞ」

政虎は意外な思いで、政景の言葉を聞いたが、面には出さなかった。

「それがし、命を賭して御館さまのために働き、必ずや武田信玄めを御館さまの御前に跪かせてみせまする」

「そうか。その気概で臨んでくれれば、勇猛で知られる上田衆もさぞや活躍してくれよう。期待しておる」

こんなことを言うために、政景はわざわざ毘沙門堂へ押しかけたのか。このような発言ならば、他の大勢の家臣たちが集う席で言えば済む話だ。

「さすれば、信玄めを討ち滅ぼした暁には、我が願いを一つお聞き届けいただきたく存ずる」

政景の両眼の光が強くなった。蝋燭の炎の下で見るその眼は、決して明るくはなく、むしろ暗い翳を備えていた。何かに憑かれたような眼差であった。

いよいよ上杉家の家督を要求されるのだと、政虎は思った。そして、同時に少し政景という男を見直してもいた。

政虎が女人であると、家臣団の前で公表すれば、自分の欲しいものが手に入るというのに、政景はそれをせず、実力で手に入れることを宣言しようとしている。

確かに、武田信玄を討ち破ったという実績があれば、政景に上杉家の家督を譲り渡す名分としては十分であった。

「内容によっては聞き届けよう。して、そなたの願いとは何だ」

政虎は穏やかな声で聞いた。政景を見る眼差は、いつになく和らいでいる。

その政虎の眼差に気づくなり、政景の顔に血が上った。

「どうか、この政景めに、御館さまをくだされっ！」

政景はその場にがばっと手をついて頭を下げた。

それほど広くもない毘沙門堂の空間で、政景の頭の先は今にも政虎の膝に触れんばかりである。

政景の痩せてはいるが広い両肩は、小刻みに震えていた。

「な、何だと――」

政虎の声がかすれた。

「それは、どういう意味だ」

「言葉通りの意味でございます」

政景はひれ伏したまま、政虎とは目を合わせずに言う。

「私をくれとはどういう意味か、私にはまるで分からぬ」

「御館さまを……お慕い申しておりまする！」

政景は声を張り上げて叫ぶように言った。

「あの高野山の御堂で、御館さまと過ごして以来、それがしは……」

「そなた、何を申しているか、自分で分かっているのか」

「分かっておりますとも。それがしは恐れ多くも、女人としての御館さまをお慕い申しているのでございます」

「馬鹿な……。仮に私が女人だと知ったところで、どうしてそうなる」

「それがしにも分かりませぬ。いや、それがしこそ御館さまが怨めしゅうござる。何ゆえ、それがしの心を奪いなさったのか。何ゆえ、それがしをこうもお苦しめになるのか」

床についた政景の手が、いつしか拳になっていた。それは、掌の肉に爪が食い込むほどにきつく握り締められている。

「そなたの妻は、我が姉上ではないか。すでに子もある。まさか、それを忘れたわけではあるまい」

政虎は低く厳しい声で言った。

「無論、それがしとて、あってはならぬことと思い、妻にも申し訳の立たぬことと思い、思い切ろうともいたしました。されど、どうにも思い切ることができぬのです」

政景の声は苦痛に満ちていた。決して軽々しい気持ちで口にしたのでないことも、ここに至るまでに相当思い悩んだことも、その様子から伝わってくる。

「御館さまを拝する度に、胸が苦しくなり……。なるべく御館さまの方を見まいとし、春日山城へも上がらぬようにもし、御館さまを忘れようといたしました。されど、離れていればいるほど、御館さまのことが頭から離れぬようになり……」

「政景――」

政虎の口から、自分の名が漏れるのを聞くや、政景はびくりと全身を震わせた。それから、伏せていた顔をゆっくりと上げ、下から政虎の顔を見上げるように見た。その眼差はいつしか粘りつくような執念深さを宿している。

政虎は目をそらしてしまいたくなるのを、必死にこらえた。

「御館さまが不義を嫌うことはもとより承知。妻にはすべてを明かし、謝罪もし、その上で離縁いたしまする。上田長尾家の家督は、我が子喜平次に譲りまする。それが

し は何も要りませぬ。ただ、御館さまさえ、我が女人となってくださるなら――」

迷いのない口調で、政景は言い切った。

それを聞くなり、政虎の心におぞましい、戦慄のようなものが走った。この男にはもはや、何を言っても無駄ではないのか。ここまで思いつめてしまった男の心を、変えることはもはや不可能ではないのか。

改めて、政景の目をのぞき込んでみると、そこに宿った暗い翳は、どこか常軌を逸したもののように見える。

「待て。そなたはどうかしてしまったようだ。上田長尾家のことをあれほど考え、時には私を辟易させるほどの野心家であったそなたが……」

「野心など、何でもないことがやっと分かり申した。御館さまを我が腕に抱くことに比すれば、我が野心など塵、芥ほどの価値もない……」

御館さまほど、汚れなく美しい女人はどこにもいない。冬の早朝の厳しく清らかな冷気を思わせる御方――。

熱に浮かされたような様子で、政景が訴えるように言うのを、政虎はほとんど聞いていなかった。

政虎の瞼の奥には、今、綾の優しげな面差しが浮かんでいる。

「姉上は幼い頃から唯一、私の味方でいてくだされた御方――。姉上を裏切るような真似は、私には死んでもできぬ」

政虎は政景に告げるというより、綾の面影に向かって語るように言う。その言葉を聞くなり、政景の表情が強張った。

「ならば、それがしを殺してくだされ」

政景は切羽詰まった様子で言った。

「な、何だと――」

政虎は蒼ざめた。

政景は腰を上げて、政虎と同じ目の位置になると、膝を乗り出すようにして、

「そうでなければ、それがしは御館さまに何をするか分かりませぬ」

と、低い声で告げた。

「そなた、この私を脅すつもりか」

「それがしとて、かようなことはお耳に入れとうござらぬ。されど、それがしにもどうにもならぬ！　それがしが疎ましいのであれば、御館さまの手にかけてくだされ。それがしの血を浴びた御館さまのお姿を想像すると、それがしの胸は打ち震えまする。この世に、それほど美しいものはありますまい」

政景の目は狂おしげな光を宿していた。その目の中に、政虎の姿がある。

政景は狂ってしまった――政虎はやりきれない気持ちで、そう思った。

本人も自分で気づいているのだろう。それでもどうにもならないところまで、政景は追いつめられてしまったのだ。それを収めるにはもう、政景か政虎か、どちらかが死ぬより他に道はない。

（だが、政景を今、失うことは――）

武田信玄との対決を前に、あってはならないことだ――政虎は冷めた心で思った。政虎が、義兄にして重臣筆頭でもある政景を殺せば、それでいちばん得をするのは武田信玄であろう。

国主として、武将としての政虎は、それを拒絶する。

だが、女人としての政虎は――。

（信殿以外の男なぞ、私は――）

死んでも受け容れることはできないと思った。

そんな政虎の内心には気づかぬ様子で、

「御館さま――」

と、政景は熱に浮かされた眼差のまま、政虎の方に手を差し伸べてきた。

あっと思った時には、膝の上に置かれていた政虎の左手を、押しいただくように政景が握っていた。

政虎はその手を振り払うことができなかった。高野山での時のように、非力ゆえにできないのではなく、なぜか手が動かなかった。

「こたびの戦、必ずや手柄をお立ていたしまする」

政景はうっとりとした表情になり、上ずった声で言った。

「御館さまのお望みは、この政景めがどんなことをしてでも叶えて差し上げまする。武田信玄の首をご所望ならば、この政景めが——」

政景はそれだけ言うと、しばらくの間、政虎の手を握り続けていたが、やがて自らそれを放した。

「もう行け。私はうのを呼ばねばならぬ」

政虎は顔を背けるようにして言った。すると、政景は、「ははっ」と素直に応じて立ち上がった。

政景が戸を開けると、外の光が毘沙門堂の中へ射し込んだ。

政虎は顔を背けたまま、政景の方を見ようともしない。毘沙門堂の戸が静かに閉まり、政景の気配が遠のいていった。

その姿を、毘沙門堂の陰から、じっと見つめているうのの視線に、政景が気づく様子はなかった。

三

　この年の八月十五日、政虎は二万弱の兵を率いて犀川の北、善光寺に到着した。そこに五千の兵を残したまま、政虎は一万三千の兵を率いて南下を開始する。犀川に続いて千曲川を渡った政虎軍は、妻女山《さいじょさん》に陣取った。

　その知らせを受けた武田信玄は、自ら二万の兵を率いて出陣し、茶臼山《ちゃうすやま》から千曲川を渡って、海津城へ入城した。

　この後、戦線はいったん膠着状態に陥った。


　妻女山の上杉軍陣営では、政虎を中心に軍議が行われた。

「海津城を攻めまするか」

　政虎の側近として戦場にある政景は、いつになく士気が高い。その理由も、政虎には分かっていたが、戦場では毘沙門堂での出来事は政虎の頭からは追い払われていた。

　政景も他の武将らの前で、意味ありげな態度を見せるわけではないから、その士気の高さはただ政虎への忠誠心と功名心ゆえであろうと思われている。

「いや、武田軍は出陣したばかりで、士気も盛んだろう。一気に攻め落とせなければ、こちらが被害を受けるだけだ」

海津城攻めを、政虎は却下した。

「では、敵がこちらに攻めてくるのを待ちまするか」

「うむ。いずれ武田軍は痺れを切らすであろう。我慢比べだな」

「敵が攻めてきたら、我らは妻女山を出て戦うのでございますか」

「そこは慎重に考えねばならぬ。我らが出て行った隙を狙って、妻女山を陣取られたら、我らは敗走する羽目となる」

その時は千曲川が疾走を阻み、多くの軍勢を失うことにもなりかねない。

政虎はすぐには結論を下さなかった。

その上で、海津城の動きから目を離さず、どんなささいな変化でも見逃すことなく報告せよと、厳しく命じた。


一方、海津城の武田軍でも軍略が練られていた。

中心となっていたのは、信玄の軍師山本勘助《かんすけ》である。山本勘助がこの時ひねり出した戦略は、「啄木鳥《きつつき》戦法」と呼ばれるものである。

「まずは、我が軍を二手に分け、一万二千の軍勢で妻女山の上杉軍に攻撃を仕掛けます。敵もほぼ同数の軍勢ですから、上杉軍は山にこもっていられず、下山して戦おうとするでしょう。そこを、別働隊の八千が叩くというわけです」

「なるほど、啄木鳥が虫の隠れている木を叩き、虫が飛び出してきたところを食らうのと、同じというわけだな」

武田信玄はこの啄木鳥戦法を採用した。

そして、九月九日夜半、武田軍はひそかに動いた。

武田信玄率いる本隊八千は、ひそかに千曲川を渡り、八幡原に布陣する。一方、別働隊一万二千は政虎の布陣する妻女山を目指して進軍を始めた。


同日の夕方、妻女山の政虎の許へ報告が上がった。

「海津城で炊煙が上がっております」

海津城での動きは、すべて報告されることになっていた。

「見に行こう」

政虎は自ら言い、北東に位置する海津城の様子を、自分の目で確かめた。

「確かに、炊煙が立っている。それも、いつもより多い」

「新たな軍勢が海津城に入った気配はありませぬ」

傍らで政景が答える。

「ということは、彼らが合戦を前にして、腹ごしらえをしているということだ」

今夜のうちに、武田軍は動く。

「ただちに下山の仕度をさせよ。ただし、敵に気づかれぬようにだ」

政虎はすばやく決断した。

武田軍が妻女山へ攻め寄せる前に、全軍を下山させる。武田軍と鉢合わせぬよう、妻女山の南西からひそかに下山し、敵の裏をかくのだ。

馬蹄の音を消し、甲冑の物音も立てぬよう注意させ、上杉軍はひっそりと妻女山を下りた。それから、雨宮の渡しから千曲川を粛々と渡った。

そして、九月十日が明けた。

武田軍の別働隊が、妻女山の陣営がもぬけの殻であることに驚愕した頃――。

川中島の武田軍本隊は、霧が晴れると同時に現れ出た上杉軍の陣容に息を呑んだのである。

この時の上杉・武田両軍の合戦は、かつての三回とは比べものにならぬ激戦、混戦となった。

政虎の軍勢は「車懸り」の陣を敷いた。これは、車輪が回るように次々と攻撃を仕掛ける戦法である。

一方、武田軍は「鶴翼」の陣を敷き、これを迎え撃った。鶴が両翼を張ったような陣形で、敵兵を中に取り込む戦法である。

　計略にかけようとして、逆に裏をかかれた武田軍は、不利な戦いを強いられた。しかし、勇猛で鳴る武田の軍勢はよく凌ぎ、かろうじて持ちこたえている。

「妻女山に向かった別働隊が、こちらへ駆けつければ、もはや信玄めを討ち取ることはできぬ」

　政虎は言い、自ら「馬を牽《ひ》け」と鋭い声で命じた。

「御館さま――」

　政虎の傍らを守っていた長尾政景が、顔色を変える。

「御自ら、ご出馬なさるのでございますか」

　だが、政景の問いかけに、答える政虎の返事はなかった。

　政虎の放生月毛が牽かれて来る。政虎はすばやく馬上の人となるや、名刀小豆長光を振り上げた。

「武田信玄、いざ参らん！」

　政虎は高い声を張り上げて、愛馬を疾駆させて行った。その土煙の後を、

「御館さまーっ！」

　政景が同じく騎馬で追いかけて行く。さらにその政景に相前後して、

「御館さまをお守りせよ」

とばかりに、上杉軍の武者たちが政虎の後を追った。

――風林火山。

やがて、戦塵の舞う中から、その四文字が現れ出た。

『疾《はや》きこと風のごとく、徐《しず》かなること林のごとし、侵掠すること火のごとく、動かざること山のごとし』

それが、武田信玄の旗印であることを、政虎も知っている。

「あれなるが、武田信玄の本陣かっ！」

政虎は目を輝かせると、幔幕を張り巡らせた本陣へ人馬もろとも突っ込んで行った。行く手を阻もうとする足軽らもいたが、それらを蹴散らして、政虎は突き進む。追って来る敵の騎兵は徐々に引き離されていった。

「何奴っ！」

まさか、本陣にまで敵がやって来るとは思ってもいなかったのだろう。幔幕の外を守っていたらしい将兵たちは、不意の敵襲に、慌てふためくばかりであった。

政虎は手にした太刀で、敵を牽制しながら、鋭い眼差で敵の大将を探した。

見れば、幔幕に囲まれた奥の方に、床机に腰掛けたまま、一人不動の男がいる。

敵が押し寄せてもなお、悠々としていられる男こそ、敵将武田信玄に違いない。

顔は軍扇に隠れているので、はっきりと見えなかった。だが、軍扇からはみ出しているのは、白熊を使用した諏訪法性兜である。この戦場で、これほど見事な兜を使うのは、武田信玄以外にいるはずもない。

一気に、信玄の面前まで肉薄した政虎は、

「信玄、覚悟せよ。この上杉政虎、関東管領の名において成敗してくれる」

叫びざま、名刀小豆長光を振りかぶった。刃が陽光を照り返しながら、凄まじい速度で振り下ろされる。

床机に腰掛けた男は、軍扇で政虎の一閃を防いだ。

その瞬間、男の顔が、政虎の前に露《あらわ》になった。

(これが、武田信玄――)

政虎は息を呑んで、敵将の顔を見つめた。

「しん……どの」

声にならない声が、政虎の口から漏れた。喉はかすれ、表情は硬く強張っている。

(信という名前は、武田晴信の「信」だったのか！)

そして、法名「信玄」の「信」――。

政虎の脳裡を一瞬、信との出逢いから別離までの想い出が駆け巡っていった。

――俺はそなたが欲しいのだ。いや、どうあっても手に入れてみせる。

――その時、そなたが俺を待っていてくれたなら、もう二度と、そなたを帰しはしない。

共に過ごした時間は、あまりにも短い。互いに生きた人生という川の中では、ほんの数滴の水に過ぎぬのかもしれない。

政虎はその時、信玄の目の色が落ち着いていることに、初めて気づいた。

(信殿は、私の正体を知っていたのか！)

何ゆえ――。

思い当たる節はない。だが、知られていたことに疑いの余地はなかった。

知っていながら、何ゆえ、信玄はそれを秘め続けたか。

世間に公表すれば、政虎の関東管領職は剥奪され、越後国内は混乱に陥り、信玄は信濃と越後の両国をやすやすと手に入れられたであろう……。

(いや、信玄は――私の知る信殿はそのような男ではない)

武田信玄があの信ならば、政虎が女だと知ったところで、正々堂々と勝負を挑んで当然である。ここまで追い詰められた今もなお、動揺せずとも当然なのだ。

だが、信玄は軍扇を手にしたまま、太刀を手に取ろうともしない。

(武田信玄、何ゆえ太刀を取らぬ。これでは、まるで――)

政虎に討たれようとでもしているようではないか。

「上杉政虎、ようも我が陣へ参られた。敵ながら見事なり」

信玄の口から発せられた言葉が、朗々と幔幕の内に響き渡った。

（政虎と……そう呼ぶのか。あなたはこの私を――。ならば、私もまた――）

上杉政虎として、相対さねばなるまい。

政虎は太刀を握り直した。

「武田信玄、太刀を取れ。尋常に勝負せよ」

だが、信玄は動かない。まこと政虎に討たれたいのか。それとも、政虎には討てぬと思っているのか。

政虎に向けられた信玄の双眸は深遠で、その考えを読み取ることは難しい。

――逢いたかった。

「えっ……」

政虎の口から声が漏れる。思わず、信玄を見つめ直した。

今の言葉は信玄が呟いたのか。それとも、自分が口走ったものか。

意図された再会ではなかった。

だが、それだけに偶然がもたらした、いや、天が采配したようなこの再会の瞬間に、秘められ続けてきた真実の想いが立ち現れたのだ。

どちらか一方の声ではなかった。

二人の――互いの想いが重なり合って、言葉になったのである。

「御館さまーっ!」

政虎の背後から声が迫ってきた。

混乱の中で幔幕は引き剥がされ、後ろから政虎を追ってきた上杉軍の武将たちの目に、信玄と政虎の対決は丸見えとなっている。

叫んでいるのは、長尾政景であった。

「その者は武田信玄でございますぞ。御館さまのお手で、お討ち果たしくだされいっ!」

政虎は我に返った。

目の前にいるのは武田信玄、この男を討ち取りさえすれば、無敵を誇る武田軍が一気に弱体化するのは明らかである。

今一度、太刀を振り下ろせばよい。

信玄は太刀を握っていないのだ。

政虎は馬上で振り上げた太刀を、再び一閃させた。だが、その太刀捌きはもはや先ほどのような勢いがなかった。

信玄は再び、軍扇で政虎の太刀を受け止める。

だが、軍扇はもう太刀の力に耐え切れず、柄の部分が折れた。この時、政虎の振るった刃の先が、信玄の肩先を切りつけた。

（あっ――）

信玄は軍扇をかなぐり捨て、床机から立ち上がった。

諏訪法性兜の白い毛が勇壮に揺れ、武田信玄の体は実際より何倍も大きく見える。

なお馬上にある政虎の方が、信玄を見下ろす格好であったが、政虎は信玄の大きさに圧倒されかけた。その時、ふっと戦場の騒音が消えた。

（お虎――）

かつて聞いた男の声が、耳許によみがえる。

（信殿――）

昔と同じ、おおらかな眼差が目の前にあった。政虎を抱いた力強い腕も、広い胸も、熱い唇も何も変わらずにそこにある。そんな錯覚に、政虎は襲われた。

その時――、

「御館さま、お早くあちらへ――」

信玄を守るために、武田の将兵が脇から駆けつけ、信玄と政虎の間に割り込んだ。

それにほんのわずかばかり遅れて、長尾政景ら上杉軍の騎兵たちが、武田軍の本陣へ駆けつけた。

「御館さま、ご無事でございましたか」

政景は言い、政虎の無事を確かめるや、

「おのれ、武田信玄め！　覚悟せよ」

とばかりに、自ら政虎に代わって太刀を引き抜いた。だが、その時にはもう、武田軍の将兵たちが信玄の前に壁のように立ちふさがってしまっている。

「御館さま、ここはいったんお退《ひ》きくだされ」

政景が口惜しげに言うのを聞きながら、政虎は武田の将兵たちの奥に、諏訪法性兜を探した。

（お虎、さらばだ――）

政虎はふと信の声を聞いたような気がして、馬上から身を乗り出そうとした。

しかし、早く戻れとばかり言う政景らの武将たちによって、政虎の視界は阻まれてしまった。もはや諏訪法性兜を見つけることもできない。

「御館さま、お早く――」

政虎は放生月毛の馬首をめぐらし、自らの陣へ戻って行った。

（もう二度と、会うことはない……）

恋しい信と逢うことも、敵将武田信玄と相見《あいまみ》えることももはやあるまい。

（信殿、いや、武田信玄――。私は、あなたを愛していた――）

政虎の胸を、どうしようもなく熱いものと、果てしなく虚しいものが、同時に突き抜けていった。

政虎は愛馬の腹を蹴り、速度を上げた。

戦場を疾走するその凛々しい後ろ姿を、武田信玄がじっと見つめていたことに、政虎は最後まで気づかなかった。

四

この川中島における第四回目の合戦は、妻女山から武田軍の別働隊が駆けつけることで、両軍共に兵を退くことになった。

決着はつかなかったものの、武田軍の被害はおびただしい。武田信玄はこの合戦で、弟の信繁《のぶしげ》と軍師山本勘助を喪っている。

政虎は善光寺に布陣させていた軍勢と合流すると、そのまま軍勢を取りまとめて越後へ帰還した。

「御館さま――」

いつになく硬い表情で、政虎を出迎えた青岩院は、ただちにうのの部屋へ行くよう、政虎を促した。

「うのに、何かあったのですか」

青岩院は首を横に振るだけで、何も言わない。

政虎は従軍した直江実綱にも、後から来るように言い置き、まずは自分一人でうのの部屋を訪ねた。

うのは薄暗い部屋で床に臥していた。若い侍女が傍らで、世話をしていたようだが、政虎の姿を見ると、黙って部屋を出て行った。

「御館さま……」

うのがかさかさに乾いた唇を動かし、手を政虎の方に差し伸べる。

うのは明らかに病人というような土気色の顔をして、まるで別人のように痩《や》せ細っていた。もはや起き上がる気力もないらしい。

「一体、どうしたのだ。うのよ」

政虎は枕許に腰を下ろし、うのの手を握り締めた。

「よくぞ、ご無事でお戻りくださいました」

うのは政虎の問いには答えず、小さな声でそう言うばかりであった。

「何を言うのだ。この私が合戦で負けたことがあったか」

政虎の問いに、うのは力なく首を横に振った。

「それにしても、何の病なのだ。私が出陣した際は、こんなふうではなかっただろうに……」

「私はどうしても、自分が許せなかったのでございます」

うのはそう答えた。

もしかして、うのは自ら望んで、今の事態を引き起こしたのかと、政虎は疑った。

「まさか、そなた、自ら食を断ったのか」

うのの痩せ細りようから、想像した政虎の言葉を、うのは否定しなかった。

「自分が許せないとは、何のことだ」

政虎はさらに尋ねた。

「戦場で、信玄公と一騎打ちをなされたとか。お顔を御覧になられたのでございましょう」

うのは政虎の目をじっと見つめて尋ねた。その目に異様な力があるのを見て、政虎の胸に嫌な予感が湧いた。

「私は存じておりました。信殿が武田信玄公であることを――」

うのの告白に、政虎はわずかに沈黙したが、静かにうなずいた。

「そうか。だが、それを私に教えなかったのは、そなたの思いやりゆえであろう。私はそなたをとがめるつもりはない」

だが、うのは激しく首を横に振った。

「そうではありません。私は信玄公に嫉妬しておりました。御館さまを、私は誰にも奪われたくなかった……」

「うの……」

政虎はさすがに目を見張って、うのを見つめ直した。

「私は御館さまが高野山に向かわれた時、信濃へ御館さまを捜しにまいりました。そこで、偶然、信殿に会い、申し上げてしまったのです。お虎さまは春日山城主、越後守護代さまである、と――」

「……そうだったのか」

だから、信玄は政虎を見ても、驚かなかったのだ。

しかし、その謎が解けたからといって、今の政虎に言うべき言葉はない。うのを責めるつもりもないし、仮にその事実を政虎が知っていたからといって、何か事態が変わったとは思われない。

「もう何も言うな。あの方と私は所詮、敵として見《まみ》える宿命だったのだ」

政虎は静かな声で言う。だが、その声には隠そうとしても、隠し切れない悲哀もこもっていた。

「そうであったとしても、私は自分が許せないのでございますっ！」

うのは激しい口ぶりで言った。昂奮すると、その後一気に疲れが出てしまうようで、うのは次の言葉を続けることもできず、ぐったりとして目を閉じてしまった。

「うのよ。私は怒っておらぬゆえ、今日よりは食を摂《と》るのだ。よいな」

政虎は瞼を伏せたうのに言ったが、うのはうなずかなかった。

「私はただ、信玄公が傷つく姿を見とうございました。ただ、それだけのために、御館さまの正体をあの方に明かしたのです。されど、私が信玄公との縁を断ち切ったがために、御館さまは今、苦しんでおられる……」

いつしか、うのは目を開けていた。その目が潤んでいることに、政虎は気づいた。

「私はもう、どうしてよいか分からず……」

そう呟いて瞼を伏せたうのの頬を、涙が一滴、伝ってゆく。

「何のことを申している」

その政虎の不審の声に対して、

「あれほど仲のよいご姉妹でしたのに……。綾御前さまも御館さまもお気の毒で――」

と、うのは呻くように呟いた。

「そなた、まさか、政景が私に申したことを――」

「お許しくださいませ。私はもう、この先、綾御前さまと御館さまの身の上に起こることを、見とうないのでございます」

うのが渾身の力をこめて、政虎の手を握り返してきた。その目はいま、政虎の姿をしかと焼き付けようとするかのように、大きく見開かれている。

「うのっ！」

政虎は叫ぶように、その名を呼んだ。

「お許しください、御館さま――」

言うなり、うのの手からは力が抜けた。そして、すでに瞼も閉じられていた。

「うのよ、目を開けよ」

だが、うのはもう政虎の前では目を開けることはなかった。

そして翌日、力尽きるように、三十二歳の生涯を閉じた。

八章　天命

一

　永禄四（一五六一）年九月、川中島での激しい合戦後、政虎は将軍足利義輝の偏諱《へんい》を受けて、名を輝虎《てるとら》と改めた。

　その後も、輝虎は関東管領として、関東の平和実現のため出兵をくり返している。北条・武田軍を相手の戦いは続いた。

　三年後の永禄七年四月、武田信玄と手を結んだ蘆名盛氏が越後に攻め込んでくる。輝虎はそれを撃破したものの、武田信玄との決戦を避けられなくなった。

　天文二十二（一五五三）年における第一回目の衝突から十一年、勝負は一度もついていない。そして、次は五度目の合戦となる。

　この時、

「御館さま――」

　輝虎の前に跪いて、熱を帯びた眼差を向けてきたのが、綾の夫長尾政景であった。

三年前、突如として輝虎への恋慕を告白した政景は、武田信玄を討ち破った暁には、自分の女人となってほしいと頼み込んだ。義を重んじ、曲がったことを嫌う輝虎を前に、政景は綾とは離縁した上、上田長尾家の家督も捨てると口にしている。

だが、その後の川中島の合戦で、武田信玄を討ち破るには至らなかった。

さすがに、政景も約束を果たさぬまま、自分の望みだけを押し通そうとはしなかった。しかし、この三年というもの、輝虎を見る政景の異様な眼差に変化はない。

そして、五度目となる武田信玄との決戦を前に、

「この度こそ、御館さまのお望みを叶えてごらんに入れまする」

と、政景は再び宣言した。

——それを果たした暁には、よもやそれがしの願いを無視なさりますまいな。

輝虎はその政景の執念深さに対し、それを黙殺するしかなかった。

武田信玄との合戦を避けることもできない。

こんな時、輝虎が唯一、話のできたうのはもうこの世にいない。

(この忌まわしい現実を、見たくはないと言って死んだそなたの気持ちが、私にも分かる……)

長尾政景を殺すわけにはいかない。

今や、古志長尾家の伯父景信と並び立つ上杉家の重臣である。万一にも今、政景が

死ねば、綾の息子である喜平次の立場が危うくなろう。いや、それ以前に、綾を悲しませることになる。

（そもそも、私には政景を殺す理由がない――）

まさか自分に懸想したから、殺すというわけにもいかないのだ。

といって、万一にも次の合戦で、武田信玄を討ち滅ぼすことになれば――。

（私も死ぬ覚悟はできている）

信ではない男に、この身を委ねて生き続けることは、自分には決してできない――。


間もなく、信濃への出兵準備のため、政景は居城である坂戸城へ帰った。

最近、政景は春日山城に詰めることが多いため、城下の居館で起居することが多い。

「また、信濃へ出陣でございますか」

綾は夫を出迎え、着替えを手伝いながら尋ねた。

「うむ。武田信玄は御館さまとは宿敵同士だからな。決着がつくまで、この戦いはくり返されることであろう」

政景の言葉に、綾はほんのわずかばかり眉を動かした。一瞬、輝虎の運命を哀れむような悲しげな表情は、しかし、すぐに綾の面上からかき消すように消えた。

「それでは、ご出陣の仕度をお整えいたしましょう」

「明日は、城下の寺社をめぐり、戦勝祈願を行う所存だ」

「かしこまりました」

綾は夫の脱いだ小袖と袴を畳み、それを持って部屋を出て行こうとした。その時、

「綾――」

不意に、政景が綾を呼び止めた。

「何でございましょう」

綾は屈託のない顔を向ける。政景がきまり悪そうに、綾から視線をそらした。

「その……この度の合戦が終わったら、そなたに話しておかねばならぬことがある」

「合戦が終わったら、でございますか」

綾は首をかしげた。

政景は少しためらうように口をつぐんでいたが、

「うむ。合戦が終わったらだ」

と、今度はきっぱりした口調で言った。

「かしこまりました」

綾が承知して、再び部屋を下がろうとすると、

「綾……」

もう一度、政景が呼び止めた。

綾は再び立ち止まり、今度は無言で振り返った。

「喜平次を……よろしく頼む」

「もとより承知しております」

「そなたの手で、この越後を背負って立てるだけの武将に育ててくれ」

この上田長尾家ばかりでなく、そなたの実家上杉家の血を引く唯一の男子なのだ
――と、分かりきっていることを、政景はくり返した。

「何ゆえ、さようなことを、今ここでおっしゃるのですか」

綾は探るように夫を見つめながら問うた。

「いや、それは……」

政景の白皙の顔が青白くなっていく様子を、綾はなおもじっと見続けていた。

「合戦前なのでな。なに、私も少々気が立っているのかもしれぬ」

政景はごまかすように言ったが、綾にはそれが不自然で、口先だけのように聞こえた。

「まるで、命がけの戦場に赴かれるようなおっしゃりようです」

綾は淡々と述べた。政景は綾から目をそらし、無言であった。

「殿は御館さまのお側で、御身をお守りするのでございましょう。何も前線で戦われるわけでもありますまいに……」

綾が続けて言うと、

「いや、知っての通り、御館さまは前回も武田信玄の陣に斬り込んでおられる。この度とて、何をなさるか分からぬし、さような時は私が身を挺して、御館さまをお守りしなければなるまい」

政景はどこか力を得た様子で言った。綾の方へ決して向けようとしないその眼差は、あらぬ虚空を見つめたまま、熱っぽいような鈍い光を宿している。

「……さようでございますね」

綾は少し低い声で応じた。

その妻の返事も、ろくに聞いていないような政景の態度に、綾は明確な不審の念を抱いた。

二

翌日、城下の寺社へ戦勝祈願に出かけるという政景に、綾はひそかに監視をつけた。

綾が嫁入りの時、実家から付き従ってきた国分彦五郎《こくぶひこごろう》という侍に、どんな小さなことでもすべて知らせるよう、よくよく言い含めた。

彦五郎は、今では上田長尾家の家臣となっているが、もともと府中長尾家の家臣であり、その意識は変わっていない。政景の命令より、綾の命令を優先する男で、これまでにも、政景の行動を見張らせたことがある。

　そして、その日、政景が戦勝祈願を終えて帰城した後、彦五郎が少し遅れて、綾の部屋を訪ねてきた。

「変わった動きはありませんでしたか」

「ご予定通り、寺社をめぐられただけです。ただ――」

　彦五郎はそこまで言ってから、少し間を置いた。

「大したことではございませんが、供をした一人が、最近、坂戸城下にやって来たという占い師のことをお耳に入れたのです」

「占い師――？」

「はい。未来を当てるだけではなく、祈祷で病を治したり、疫病を防ぐ札を売ってくれたりするというので、民の間で評判になっているのだとか」

「効き目があるというのですね」

「疑わしい話ではありますが、民は信じているようでございます」

「して、殿はどうなさったのです」

「初めは、流れの占い師などめずらしくもない。民を惑わす者でなければ放っておけばよいと、お笑いになっていたのですが……」

綾はおもむろにうなずいた。城主としてごくふつうの反応である。

「ふと、お気が変わられたご様子で、ならば、途中に寄って行こうとおっしゃいました」

「では、その占い師の住まいへお行きになられたのか」

綾はかすかに眉をひそめた。政景の行動は少し軽々しすぎる。

「はい。住まいといっても、空家になっていた農家に、勝手に住み着いているのですが、近隣の者たちが食事や生活の世話をしているようで、それらしい占い師の店のようになっていました」

「して、殿はそこを視察されたのですね」

「はい。ただ、御覧になっただけではなく、お戯れに、『それでは私も札を買おう』とおっしゃって――」

「お札を買われた、と――」

「さようにございます」

おそらく戦勝祈願の札を買ったのだろうと、綾は初めそう考えた。だが、

「殿はお一人で、占い師の家に入って行かれたのですが、出て来られた時には、『これで我が宿願は達成されたぞ』と、かなり上機嫌でいらっしゃいました」

と、彦五郎が続けて言うのを聞くなり、表情を強張らせた。

「殿は、我が宿願と確かに仰せになったのか。御館さまの宿願ではなく、我らが宿願でもなく、我が宿願と——」

「さようにございます」

政景個人の宿願とは、一体、何であろうか。

政景だけの宿願であるならば、それは戦勝祈願ではなく、武田信玄の滅亡でもないだろう。

それは、昨日の政景の不審な言動とも、何か関わりがあるのだろうか。

「お気にかかるのであれば、占い師の許へご案内つかまつりますが……」

彦五郎がそう申し述べた時、綾は迷うことなくうなずいていた。


流れの占い師などというものは、いつ姿を消しても不思議ではない。

綾はその日のうちに口実を設けると、日も陰り始めた頃、ひそかに坂戸城を出た。

案内役の国分彦五郎の他、侍女を二人ほど伴って行く。

お忍びなので、輿や馬を使うことなく、歩いて行った。

幸い、それほど遠くはなく、綾は城を出て半刻ほどで、占い師の家へ着いた。日暮れが近いせいか、もう客もいないようだ。

綾は彦五郎に案内を請わせ、それから一人で中へ入った。

思い切って足を踏み入れてみれば、土間に莫蓙を敷いて、老婆が一人座り込んでいる。骸骨のように痩せた、白髪の小柄な老婆であった。

中には、行灯に火が灯されており、老婆の目の前には小さな机が置かれている。その上には、筮竹《ぜいちく》やさいころ、銅貨や紙の束などが雑然と載せられていた。

老婆の年齢は、綾には想像もつかない。

初め、ぴくりとも動かないので、綾は老婆が一瞬死んでいるのではないかと思った。思わず、踵を返したいという気持ちにさえなったが、その時、

「お客さんかね」

老婆の口が皺《しわ》の中からぱくりと開いた。

綾は思わず声を上げてしまいそうになるのを、必死にこらえた。老婆の声は風の鳴る音のように聞こえた。

「何のお札をお望みか。人の心を振り向かせるお札か、それとも、誰かを呪い殺すお札かね。あるいは、未来を読んでほしいのか」

言っていることが不穏であり、どう考えても、いかがわしい。

こんな老婆を、政景は放置しておいたというのか。これは、人を惑わす類の者ではないか。

「わたくしは自らの頼みごとで来たのではない」

綾はようやくそれだけ言った。

老婆は腫れぼったい瞼を上げて、落ち窪んだ目を綾の方へ向ける。

「今日、ここへ参った者がそなたに何を依頼したか、尋ねに来たのです」

綾は思い切って言った。すると、老婆はうっすらと笑いを浮かべながら、

「はて。他の客のことはお話しできんことになってるんじゃがな」

と、とぼけたように言う。

「わしの客には、身分ある御方もおられるでな。めったなことでは話すことはできませぬなあ」

「ゆえに、こうして足を運んで頼んでおるではないか。占い料は払いましょう。通常の倍、払うてもよい」

「三倍じゃ」

老婆はすかさず言った。落ち窪んだ目が卑しげな濁った光を帯びている。

内心で軽蔑しながらも、綾は懐から包みを取り出し、その中から銀の塊を一粒つまみ上げて、老婆の前に置いた。老婆は急いでそれを手に取ると、本物であることを確かめた上で、すばやく懐にしまい込んだ。

「よろしい」

老婆の要求の倍の値打ちはあったはずだが、老婆は重々しい様子で、いかにも当然

のように言った。

「して、目当ての客とは――」

「今日、ここへ参った齢四十ほどの武将です。数名の供を従えており、袴に裃姿であったはず。ここではお札を求めた。この城下でめったに見る姿ではないゆえ、忘れたとは言わせませぬ」

綾が少し強い語調で言うと、老婆はびくりと身を震わせ、

「おお、おお。もちろん覚えておりまするぞ。確か、あの客は……」

と、今度は愛想笑いのようなものを浮かべながら、目の前の空き箱のようなものを、がさがさと漁り出した。中には数枚の紙が、整理された様子もなく、突っ込まれていたらしい。

その中から、老婆は一枚の紙切れを取り出すと、

「おお、これに間違いはござらぬ」

と言って、それを綾の方に差し出した。

「あのお侍の依頼じゃ」

と、もったいぶった様子で言う。

綾はそれを受け取り、行灯の火で中身を見た。

その筆跡には見覚えがあった。夫政景のものだ。

――享禄三年一月二十一日。

そう書かれていた。

綾はその途端、頭を何かで殴られたような衝撃を覚えた。

その日付には、心当たりがあった。いや、あるどころではない。

それは、綾のただ一人の妹が生まれた日であり、母が声を立てずに泣いた日であり、同時に女と生まれた運命は決してつまらぬものではないことを示せと、母が娘たちに頼んだ日であった。

（政景殿は、今なお、御館さまの命を狙っていたのか！）

綾が最初に受けた衝撃はそれだった。

政景はもうてっきり、春日山城の主となる野心は捨て、輝虎の従順な家臣になったものと思い込んでいた。おそらく、息子の喜平次にはまた別の期待をかけているだろうが、それは不当な野心というほどのものでもない。喜平次を輝虎の養子にして、越後国主の座に就けたい――それは、同時に綾の願いでもあったし、輝虎が反対するとも思えなかった。

だから、政景がもう二度と、輝虎に背反することはないと信じていた。

（政景さまというお人は、今もなお、己自身の野心を捨てきれていなかった……）

輝虎を呪い殺してでも、自らその座を奪おうとするなど、上杉家家臣の風上にも置けない男だ。綾が感じた憤りはそれであった。

このような老婆のお札が、どれほどの効果があるかは分からないが、政景がそのような企みを胸に秘めているということ自体が問題である。まさか、暗殺までは企んでいないと思うが、そのような男を輝虎の側につけて、戦に行かせるわけにはいかない。

綾がそう思った時であった。

「まじないを終えたお札を手にした時、あのお侍は童のように喜んでおられた。これで、我が想いは叶うのだな。つれないあの女人も、私を想うようになってくれるのだなと――」

「えっ……」

「いい年をして、女を知らぬ子供のようじゃったわ」

その瞬間、綾の口から、絹を引き裂くような絶叫がほとばしった。

(政景殿は御館さまが女人であることをご存知だった！　よりにもよって、御館さまにあの政景殿が懸想しておられた――)

その後のことはよく覚えていない。

気がついた時、綾は占い師の家の外にいた。地面にうずくまった綾を、お付きの侍女の一人が同じようにうずくまって抱きかかえている。もう一人の侍女は扇で綾の顔を煽いでいた。彦五郎は少し離れた所で、周囲に目配りしつつ、綾を見守っている。

「お気がつかれましたか、奥方さま」

「わたくしは、一体――」

「奥方さまは急に倒れ込まれたのです。暑さのせいでございましょう」

茫然とする綾に、侍女が答えた。

「……城へ帰ろう」

綾は言い、不安顔の侍女二人の手を借りて立ち上がると、帰路についた。

坂戸城へ帰り着くまで、綾は一言も言葉を発しなかった。

城内の部屋へ入り、侍女たちを下がらせ、一人きりになっても、しばらくの間、綾はじっとしていた。

ややあって、綾の唇がかすかに動いた。その口からは、急に甲高い叫び声が漏れ出た。それに続けて、狂ったような笑い声が、後から後から湧いて出てくる。

しばらくして笑い疲れた綾は、畳の上に身を投げ出し、茫然としていた。

やがて、その両眼からは涙があふれてきた。

「政景殿、あなたさまという御方は――」

両手をつき、身を起こした時、綾の瞳に宿るのは瞋恚《しんに》の炎であった。

大きな野心に見合うだけの器量を持たぬことは、嫁いだ頃から分かっていた。

綾の実家である府中長尾家に対し、必要以上の虚勢を張ってみせたのも、兄晴景を見下し、若い頃の輝虎を侮ったことも、綾は見過ごしてきた。

たまらない気持ちになることはあったが、実家への仕打ちに対し、綾が夫を責めたことは一度もない。

己の器の小ささに気づかぬ愚かさも、己の野心に忠実であるがゆえの身勝手さも、男であるがゆえのものと思い、綾は許してきた。すべては、夫を愛していたからだ。夫との間に生《な》した子供たちを愛しく思っていたからだ。だが、

（こたびばかりは許せぬ――）

綾の瞳の中の炎が、一気に燃え盛った。

（輝虎殿は――わたくしのただ一人の妹は、政景殿が懸想してよいような女人ではない。あの方は、毘沙門天として越後のために生きる御方。そのためにすべてを捨てた。わたくしたちがすべてを捨てさせた――。政景殿がしていることは、天への冒涜に他ならぬ）

綾の耳許に、母青岩院の言葉がよみがえって聞こえてくる。

――この母に示しておくれ。この世に女子と生まれることは、決してつまらぬことではないと。

輝虎が越後を守るために生きる使命があるのなら、輝虎を守ることは綾の使命であった。

そして、その使命がなかったならば、この度の一件は綾にとって、女と生まれたことを何よりも怨み、忌まわしく思う出来事でしかなかっただろう。

（ですが、母上。わたくしは女と生まれた我が身を、つまらないとは思いませぬ。わたくしは輝虎殿を守ることで、わたくしの使命と誇りを守ることができるのですから――。わたくしにしかできぬことがございます）

綾はいつしか畳の上に身を起こして、きちんと膝を折って座り、姿勢を正していた。どういうわけか、自分でも分からなかったが、目を閉じると、自然と両手を胸の前で合わせていた。

綾の脳裡に、身重の母と二人、春日山神社へお参りをした時の記憶がふっとよみがえっていた。

三

間もなく信濃への出陣の号令が下されようという七月一日、綾はたった一人で、春日山城の輝虎を訪ねた。

「お一人ですか」

対面した輝虎は、訝《いぶか》しげな目を向けた。

綾が夫である政景の同伴でなく、一人で春日山城へやって来たことなど、これまでに一度もなかったからである。

「はい」

綾は硬い声で応じ、理由については答えなかった。

「御館さま――」

と、続けて輝虎に向けられた綾の眼差は、かつてないほどに厳しかった。

「姉上……」

「我が夫政景が、御館さまをお苦しめしていること、わたくしは存じております」

突然の綾の告白に、輝虎は絶句した。

「夫のことはすべて、わたくしにお任せくださいませ」

綾の言葉に、輝虎は何も言い返すことができなかった。

ところが、綾はそれだけを告げると、輝虎の返事は聞こうともせず、そのまま帰って行った。

綾と輝虎が対面していた時間は、これだけの会話が交わされたほんのひと時でしかない。坂戸城から春日山城までやって来るのに、綾がかけた時間はその何十倍にもなるだろう。

だが、決して人づてには伝えることのできぬ内容の重さであり、直接、輝虎に言わねばならぬ綾の覚悟のほどでもあった。

（姉上は一体、何をなさろうというおつもりなのか）

輝虎には、綾の本心がまったくつかみ取れなかった。

それから四日後の七月五日、長尾政景は出陣間近の家臣らの激励も兼ねて、坂戸城で宴を開いた。

中でもいちばんの貴賓は、上杉四天王の一人であり、琵琶島城主でもある宇佐美定満である。

戦術に優れ、特に政景が輝虎に逆らった坂戸城の合戦では、政景を降すのにも功を挙げていた。今や年齢も七十歳を超えているが、いまだ矍鑠《かくしゃく》としている。

政景が輝虎に服してからは、政景との関係も良好であった。

「こたびこそ、信玄めの首を獲《と》らねばなりますまい。これが武田家との最後の合戦になりましょうぞ」

政景は酒も加わったせいか、宇佐美定満に向かって威勢よく言う。家臣らの席からは拍手が起こるなどして、賑やかな宴席となった。

とはいえ、数日後に出陣を控えているから、誰もが皆、酔いつぶれる前に帰って行く。やがて、席に残るのは政景と宇佐美定満の二人だけになった。

「政景さま」

その時、家臣の国分彦五郎が前に進み出た。

「奥方さまのお言いつけにより、近くの野尻湖に月見の舟を用意させていただきました。お二方には、そちらにお移りいただいてはいかがかと、奥方さまがおっしゃっておられますが……」

「それは気の利いた趣向だな。宇佐美殿、いかがでございますか」

ほろ酔い加減の政景は定満を誘った。

「それは、よろしいですな」

定満も重々しくうなずき、二人は連れ立って野尻湖の船着場まで向かった。二人の足下を、国分彦五郎が提灯で照らしながら先を行く。

「今宵は、上弦の月でございますなあ」

政景の上機嫌は変わらなかった。

上空には、半月にやや欠けた月が、暗天から切り取られたように浮かんでいる。

やがて、二人が船着場に到着すると、前もって定満が知らせていたとかで、定満の側近が一人先着していた。小柄なその武士は船着場の篝火《かがりび》に背を向けていたので、顔はよく見えない。

定満はその側近を警護のために同船させるというので、政景は了承し、自らも国分彦五郎に同船を命じた。

「それでは、今宵はそれがしが船頭を仕《つかまつ》ります」

彦五郎が言い、最初に舟に乗り移って櫓《ろ》を手にした。

続けて、宇佐美定満、政景が乗船し、最後に小柄な侍が舟に乗る。

定満と政景は船上に用意された膳を前に座った。小柄な侍は定満の背後に、小姓のごとく片膝を立てて座を占めた。

湖面は夜空を映し取った鏡のごとく、黒々と澄んでいる。水鏡には、上弦の月や金銀の砂子をばらまいたような星々が映りこんでいる。

やがて、彦五郎が艫綱《ともづな》を解き、舟はゆっくりと湖上へ滑り出した。

水鏡に小波が立ち、星が消え、月の形が歪む。

「ささ、それでは、宇佐美殿。まずは一献」

舟が岸から離れてしばらくした後、政景が徳利を取り上げ、定満が杯を受けた。

その後、定満が政景に酌を返しながら、

「ご子息の喜平次殿も、先が楽しみでござるな」

と、しみじみとした口ぶりで言った。

その後、二人は時折、夜空の月と星を愛でながら、酒を酌み交わした。

「ああ、よい気分ですなあ」

酔いが回り始めた政景は一気に杯を干すと、さらに手酌で注いだ次の杯を呷《あお》った。

そして、干した杯を膳へ戻そうとした時、その手から杯が落ちた。

「おっと、これはとんだ粗相を――」

ゆっくりと杯に口をつけていた定満が、

「大事ないか、政景殿」

と、案じ顔を向ける。

「相済みませぬ。今宵は……少々、過ごした……ようでございます」

政景は急に呂律の怪しくなった口調で、どうにか返事をした。が、その直後、定満をはじめ目に映るものがすべて、おかしな形に歪み、ぐるぐると回り始めた。

その時、うつむき加減だった小柄な侍が、不意に顔を上げた。意識が朦朧とし始めていた政景の目に、その顔が映った。

「お、おやかたさまっ！」

政景の口から、裏返った声が漏れた。

小柄な侍の切れ長の目と、政景の目が合った。

（違う！　御館さまではない！）

その瞬間、政景の頭の中で、何かが弾けた。

目の前の侍は、輝虎に似てはいるが、輝虎本人ではない。だが、その目には覚えがあった。

「わたくしが、輝虎殿に見えるのですか」

傍に近づいた、小柄な侍の口が動いた。漏れてきた声は明らかに女のものであった。それも、政景のよく知る女の――。

「あ、綾っ！　そなた、綾なのか」

政景は目を剥《む》いて叫んでいた。

「そなた、何ゆえ……さような格好を――。か、髪は……どうしたのだ」

「切り落としました」

綾は淡々と答えた。その顔はあたかも若女《わかおんな》の能面を着けているように、政景の目には映った。

「何と、いうことを――」

「わたくしにはもう必要ありませぬ。間もなく、わたくしは尼になるのでございますから――」

それがどういうことかと、政景に問い返す間さえ与えず、

「乱心された殿は、もはや御館さまにお仕えさせるわけにはまいりませぬ。お覚悟召されませっ！」

綾は政景に向かって声を張った。

はっとなった政景の目の前で、若女の能面が一瞬で般若《はんにゃ》の顔に変じた。

角を生やし、口は耳まで裂け、金の眼を持つ般若の顔――。

その般若の手の中で、月光が銀色に煌《きらめ》いた。

「あ、あや――」

体をひねろうとした政景は、その時初めて、体が水を吸った砂のように重く、まったく自由にならないことを知った。次の瞬間には、綾の手に握られた短刀の刃が、政景の胸に突き刺さっていた。

「そなた、私の……心を……知って……」

政景の体に刺さった短刀の柄を、綾はなおも握り締めていた。離そうにも手が離れないのだ。

やがて、政景の全身から力が抜け落ち、その体は前のめりになって綾の方へ崩れかかってきた。

「奥方さまっ！」

彦五郎が櫓を引き上げ、駆け寄ってくる。

「わ、わたくしは……」

茫然自失の綾の手を、短刀の柄から彦五郎が引き剥《は》がした。

「大丈夫でございますか、奥方さま」

彦五郎は政景の体を床に横たえ、綾に問うた。綾は床に身を投げ出したまま返事もできないでいる。

その時、定満が、

「私にも、毒が……効いてきたようだ……な」

と、低い声で言った。定満もまた、先ほどの政景のように、呂律の回らぬ物言いをしている。

「宇佐美さまも、毒の酒を――」

綾が顔を起こし、驚いた声を上げた。

定満は綾に目を向けると、体を折るようにしながら、無言でうなずいた。

政景に怪しまれぬようにと、定満は承知の上で、毒入りの酒を飲んでいたのである。

「遺体を……湖へ投げ込め。このままには……しておけぬ」

苦しげな声で、定満が彦五郎に命じた。

「は、はい――」

彦五郎が慌てて定満の指図に従い、政景の遺体を湖へ投げ込む。

どぼんっ――。

大きな水音がして、政景の遺体は黒い闇の中に消えていった。

その時、定満がゆらりと立ち上がった。

船縁から湖面に目をやっていた彦五郎が、気配を察して、はっと振り返ると、

「許せ、彦五郎！」

そう叫びながら、仁王立ちになった定満が、彦五郎の上に圧し掛かってきた。

「うわあっ！」

倒れ込んでくる大柄の体を受け止めきれず、彦五郎は定満もろとも、そのまま湖の中へ落ちた。

「宇佐美殿、彦五郎ーっ！」

倒れ込んでいた綾が異変に気づいて、上半身を起こした時にはもう、二人の姿は船上にはなかった。

しばらくの間、湖の中でもみ合う二人の動きのせいか、舟はひどく揺れていたが、やがてそれも静まり、物音一つ聞こえなくなった。

綾は船縁へと身を引きずって行き、暗い湖面をのぞき込んだ。

（宇佐美殿は証拠を消すため、彦五郎を道連れに――）

この夜の真実が外に漏れれば、政景と綾の息子喜平次の将来はない。次の越後国主となるべき喜平次を助けるため、宇佐美定満は己の身と、すべてを知る従者の身を犠牲にしたのである。

果てしなくどこまでも続く黒い水鏡を、綾は虚ろな目で見つめ続けた。

その時、湖面で何かが動くような気配がした。それが、しっかりとした像を結んだ瞬間、

「きゃあっ――」

綾は悲鳴を上げていた。

暗い水面から、蒼白い顔をした政景が、空洞のような目で綾を見つめている。

「と、殿っ！」

綾は反射的に舟の奥へ身を退けると、顔を両手で覆っていた。

（わたくしはおそらく生涯、暗い水底へわたくしを連れ去ろうとする夫の亡霊に悩まされるだろう）

綾の心を冷たい予感が走り抜けて行った。

しばらくしてから、綾はもう一度、水面を見つめた。そこには、いつの間にか髻《もとどり》も解《ほど》け、髪を振り乱した女の顔が映っているばかりであった。

それから、綾は一人で櫓を操り、岸へ戻った。不馴れのためにひどく難渋し、彦五郎の倍も時間がかかった。

船着場から少し離れた湖岸へたどり着いた時は、疲労困憊《こんぱい》していた。それでも、綾は岸に降り立つなり、水辺に跪いて手を洗い始めた。

この手は夫の血に塗《まみ》れている――。

掌の皮が剥けそうなほど、綾は必死になってこすり続けた。やがて、それも続けられないほど疲れ果てた時、綾は岸辺に腰を下ろし、手を月光にかざして見た。しらじらとした月光が、綾の白い手を照らし出している。

だが、ややもすると、月光は血の色を帯び始め、月光に濡れた綾の手は再び血塗れになった。

綾ははっと夜空の月を見上げた。

（あの月は、今宵の一部始終を見ていた……）

しばらくの間、綾は湖に向かって合掌し、瞑目した。それからつと顔を上げると、

（それでも、わたくしは生きてゆかねばならない――）

月に挑むような眼差を注ぎながら、綾はそう思った。

般若の面を着けてでも、両手から血の臭いが消えなくとも、生き続けねばならない。この世でしなければならないことがあるのだから――。

――これから先、何があっても、わたくしだけはそなたの味方じゃ。

輝虎を守るのは自分の使命である。

綾はその場に船を乗り捨てて船着場へ戻ると、そこで格好を改め、待たせてあった侍女と共に城へ帰った。

そして、その夜のうちに、髻を結うために残していた黒髪を、すべて剃り落とした。

翌朝、野尻湖から、長尾政景、宇佐美定満、国分彦五郎の死体が上がった。

政景の遺体にあった刺傷については公表されず、すべては酔った上での事故として処理された。

長尾政景の葬儀は、三日後の七月八日、坂戸城にて行われた。

享年三十八――。跡継ぎの喜平次はまだ九歳である。

坂戸城で行われた葬儀に、自ら出席した輝虎は、姉の綾とは目を合わせることができなかった。

綾は憔悴してはいたものの、外観は落ち着いていた。

家臣たちの悔やみの言葉を受け、喜平次ら子供たちへの気配りも怠りない。輝虎をはじめ、その他の有力武将たちには喜平次の将来をよろしく頼むと、慎ましく頭を下げていた。

それは、城主の未亡人として申し分のない姿であった。

（姉上は……）

女と生きて幸せだったのか。

輝虎の脳裡を、ふとその疑問がよぎっていったが、その瞬間、何ともやり切れぬ思いがそれを打ち消してしまった。

女として生きた綾と、武将として生きた輝虎――。どちらが幸せだったのか、今ではもう分からない。もともと同じ父母を持つ姉妹である。輝虎の人生を綾が生きたとしても、綾の人生を輝虎が生きたとしても、不思議はないのであった。

ふと視線を感じて、そちらに目をやると、喪主の席に座す綾がじっと輝虎の方に目を向けていた。

――御館さまが何をしようとも、わたくしだけは御館さまの味方でございますよ。

綾は最後まで、自分の口にした言葉を忘れなかったのだ。そして、輝虎を守り通してくれた。

(姉上――)

その瞬間、綾の顔が観音菩薩のそれと重なって見えた。

輝虎は政景を失った後の八月、再び川中島へ出陣し、武田信玄と最後の決戦に挑む。この時も決着がつくことはなく、以後、二人が軍を率いて戦うことはなかった。

輝虎は越後へ兵を引き揚げた後、

「喜平次を我が養子にいただきたい」

出家して仙桃院《せんとういん》と名乗るようになった綾に、そう頼み込んだ。

仙桃院はそれを承知し、喜平次は輝虎の養子として、有力な上杉家後継者となったのである。

四

永禄十一年五月七日、青岩院は仙桃院と輝虎に見送られて逝った。

この時、青岩院は輝虎の手を取って、

「この母は、そなたに謝らねばならぬ。そなたを産んだ時からずっと、今に至るまで、わたくしはずっとそう思い続けてきた……」

と、初めて謝罪の言葉を口にしたのだった。

「されど、わたくしはいかにして謝ればよい。そなたを男子に産んでやれなんだことか。それとも、そなたを女子として育ててやれなんだことか。一体、わたくしはどちらをそなたに謝るべきなのか」

その問いかけに、輝虎は答えられなかった。

「綾……仙桃院殿――」

それから、青岩院は仙桃院の手を求めた。仙桃院が母の痩せた手を握り締めると、

「輝虎殿をよう守ってくれた。そなたのお蔭じゃ。何もかも、そなたの――」

と、苦しい息の下から言う。

「母上っ――」

青岩院は輝虎の答えを聞かぬまま、泉下の人となった。

その一年後の永禄十二年、輝虎は長年の宿敵であった北条氏康と和睦した。そして翌元亀《げんき》元年には氏康の息子を養子に迎えている。この養子に、輝虎はかつての自分の名であった景虎の名を与えた。

そして、同年、自身は法号の謙信《けんしん》を称するようになった。

幼名の虎千代に始まり、元服後は長尾景虎、上杉家の家督相続後は政虎、輝虎と名を改めてきたが、ようやくこの年から上杉謙信を名乗るのである。

ところが、その一年後、北条氏康が死去した。すると、跡を継いだ氏政《うじまさ》は謙信との同盟を破棄して、武田信玄と結んでしまう。

さらに、二年後の元亀四年四月十二日、ついに武田信玄が逝った。

京へ上洛し、いよいよ天下に号令をかけようという矢先の死であった。

この時、信玄は後継者である勝頼に、「自分の死後は越後の謙信を頼るように」という遺言を残している。

信玄死後も、謙信は関東管領として戦い続けた。

信玄の睨みが利かなくなった今、北条氏、織田氏、その織田と結んだ徳川氏などが、関東での勢力拡大を狙っている。

また、謙信は幕府三管領の名門畠山氏から助けを乞われれば、越中へも出兵した。能登においては、織田信長軍とも戦火を交えている。

天正《てんしょう》五（一五七七）年九月、謙信は手取川の合戦で柴田勝家率いる織田軍を討ち破った。

「上杉に逢うては織田も手取川　はねる謙信逃げるとぶ長」

という落首さえ詠まれた上杉軍の圧勝であった。

跳ねるような進撃を見せる謙信と、飛ぶように逃げ帰る信長軍を詠んでいる。

だが、謙信が越中・能登で戦っている間に、関東では北条氏政が勢力を伸ばしていた。

謙信はこの年の十二月、能登から春日山城に戻った。

しかし、座の温まる暇もなく、翌天正六年三月に関東への大遠征を行うことを発表し、家臣団に出陣の準備を命じている。

そして、謙信出陣の数日前となる三月八日、仙桃院は謙信の許を訪ねた。夫である長尾政景の死後は、仙桃院も春日山城で暮らしている。にもかかわらず、二人がゆっくり話をするのは久しぶりのことであった。

「毘沙門堂にて、話をいたしませぬか」

謙信は言い、仙桃院を誘った。謙信は漆黒の僧衣に濃い紫の頭巾をかぶり、仙桃院は鼠色の小袖に白の頭巾をかぶっている。

共に出家の身となった二人は、静かに毘沙門堂の戸を開けて中へ入った。明り取りの窓もない御堂の中は暗かったが、すでに蝋燭に火が灯されている。中には、その仕度をしていたらしい若い女が一人いた。

「済まなかったな、お船《せん》」

侍女相手にしてはいささか優しすぎる口ぶりで、謙信が言った。

仙桃院は、まだ二十歳前後と見えるお船の顔をじっと見つめている。

「直江景綱《かげつな》の娘で、信綱《のぶつな》の妻のお船です」

謙信が仙桃院に若い女を紹介した。

若い頃から、謙信の側近として活躍してきた直江実綱はその後、謙信の俗名の一字「景」をもらい、景綱と名を改めている。その景綱も一年前に亡くなり、お船の婿養子である信綱が直江家を相続していた。

「まあ、では、お船殿はうの殿の妹御なのですね」

仙桃院の脳裡に、生涯嫁ぐこともなく謙信の側に仕え続けたうのの面影がよみがえった。全体的に小ぶりな顔の、二重の大きな目が印象的なところはそっくりである。

「この毘沙門堂には、うの以外の者は立ち入らせませなんだゆえ、今でも、お船以外の者に世話してもらうのはためらわれて……」

と、謙信が言った。

お船は謙信が春日山城に戻ってきた時には、城へ上がり、うのの代わりにその世話をしているという。

「それでは、この毘沙門堂に入ることができたのは、亡きうのとお船だけなのですね」

仙桃院の何気ない言葉に、謙信は無言であった。

かつて、ただ一人だけ、この毘沙門堂に強引に押し入ってきた者がいる。それが仙桃院の亡き夫であることを、謙信は口にはしなかった。

そうした謙信の態度に、何か感じ取るものがあったのか、仙桃院もそれ以上尋ねようとはしない。

謙信は仙桃院を、御堂の中へいざなった。入れ替わりに、お船が一礼して、御堂を出て行く。

蝋燭の火がぼんやりと揺らめく薄暗い御堂の中で、姉妹は毘沙門天像を横に、向かい合う形で腰を下ろした。

「御館さま――」

仙桃院は謙信に対し、いつになく親しみのこもった眼差を向けて言った。

「いつか、お伺いしようと思っていたことを、今ここで、お伺いしてもよろしいでしょうか」

「何なりと、どうぞ――」

謙信が承知するのを受けて、

「御館さまは女人として、ある御方をお慕いしておられましたね」

と、仙桃院はずばり尋ねた。

謙信は一瞬、表情を強張らせたが、すぐに落ち着いた顔に戻ると、

「……仰せの通りです」

と、静かな声で答えた。仙桃院に向けられた眼差は、一度もそらされていない。仙桃院は謙信に向かって、そっとうなずいた。

「わたくしは、その方がどなたなのか、存じておりました」

「うのから、お聞きになったのですか」

謙信の声から、動揺は伝わってこない。

「さようです。でも、御館さまは相手の方の素性をご存知ないと思っておりました。御館さまがすべてご承知と確信したのは、川中島の合戦の後のことでございます」

と、仙桃院はおもむろに続けた。信玄という名が、二人の間で口にされたのは初め

てのことであるが、やはり、謙信は落ち着いている。

「御館さまは信玄公を討てたにもかかわらず、お討ちにならなかった。それに、甲斐国に塩が途絶えた時、敵国であるにもかかわらず、塩を送られました」

「あれは道理に従ったまでのこと――」

謙信の物言いは淡々としていた。

「信玄公は陣中でお亡くなりになった時、都を目指しておられたとか」

仙桃院の言葉に、謙信は黙って小さくうなずいた。

「信玄公は天下を目指しておられたのでしょうね」

「私もさように考えます。当時、京の将軍家は織田信長追討をご命じになり、信玄公をはじめ、私の許へも御教書をくだされました」

室町幕府の十五代将軍となった足利義昭《よしあき》は、かつて謙信が上洛して拝謁し、偏諱を受けた義輝の同母弟である。

当初は出家し、一乗院門跡であったのだが、兄の義輝が松永久秀らに暗殺されると、細川藤孝らの助けを借りて逃亡した。

兄義輝と縁の深かった謙信を頼る気もあったのだが、謙信は当時、北条・武田との和睦がならず、義昭を奉じて上洛することは難しかった。

そこで、義昭ははじめ朝倉氏を、その後は織田信長を頼り、信長の軍勢に守られて上洛を果たし、十五代将軍となったのである。

しかし、その後、信長との間は不仲になり、元亀二（一五七一）年頃から、信玄・謙信らに御教書を下し始めた。いわゆる「信長包囲網」と呼ばれる作戦である。

そして、元亀三年、いよいよ上洛の腰を上げた武田信玄は、信長と連携する徳川家康を、遠江の三方ヶ原にて圧倒的な強さで討ち破った。信長はこの時、足利義昭に応じる形で信長と敵対する石山本願寺や浅井、朝倉勢と対峙しており、徳川家康に軍勢を送ることができなかった。

もしも武田信玄がそのまま京へ攻め上っていれば、信長のその後は変わっていただろう。

ところが、翌元亀四年、陣中で病に臥した信玄は、甲斐へ軍を引き返す途上、病死してしまった。

「信玄公は将軍家をお助けするという名目で、上洛を目指されましたが、もしそれを果たしておられたら、どうなっていたのでしょうか。信玄公は将軍家をお守りし、幕府の権威を回復されたのでしょうか」

仙桃院の問いかけに、謙信は小さく首をかしげた。

「さて。信玄公のお心には、織田信長と同じく、天下のことを自ら主宰しようという野心がおありだったと思われますが……」

その声に、憤りは混じっていなかった。謙信の声も表情も先ほどと変わらずに落ち着いている。

「御館さまが上洛を目指されるお心とは、だいぶ違いますね」

「私が願うのは、関東管領として、足利将軍家の秩序を回復することだけでございますゆえ」

謙信に野心のないことは、仙桃院だけでなく天下の知るところである。

信玄の死と相前後して、信長と義絶し、京から追い出された将軍足利義昭もまた、今なお謙信の動向には期待をかけていることであろう。

「御館さまはまこと、信玄公の死後、ひたすら戦い続けておられるようにお見受けされます」

「あの方亡き今、信長の野心を抑え、将軍家をお守りする大名が、他にはおりませぬゆえ」

謙信はそう言って、わずかに視線を落とした。

「姉上――」

仙桃院の方へ目を向けず、膝に視線を向けたまま、謙信は続けた。

「私は一度も野心を抱いたことがありません。高い地位を欲したことも、領土を広げんと思ったこともない――」

「それはよく存じております。御館さまの無欲で正しいお心を、疑う者など、この世のどこにおりましょうか」

「私はそれをよしとし、欲や野心を持つ者を忌み嫌っておりました。我らが父上しかり、伯父上しかり、姉上のご夫君政景殿や信玄公もまたしかり――」

「御館さま……」

仙桃院の声に、謙信を気遣う響きが混じった。だが、それ以上、仙桃院は何も言わない。謙信は淡々とした声で語り続けた。

「男とは皆、そうなのでしょうか。亡くなった晴景兄上はそのようなお人ではありませんでしたが、兄上は自分には力がなかっただけで、男とは皆、そうしたものだとおっしゃいました……」

「さようでしたか」

「信玄公は確かに野心家でしたが、それを持っていたためにこそ、乱世の終わることを望まれたのかもしれませぬ。私はその心を汚らわしいと思ってきました。されど、今は己が間違っていたのではないかと思っております。野心が元の行動であっても、結果が正しければ、それは善行ではないのかと――」

そうした謙信の言葉に対して、うなずきも否定もせず、

「甲斐といい信濃といい、信玄公のお治めになった土地の民は、皆、信玄公を慕って

おると聞きおよびます。信玄公はよき統治を行われたのでございましょう」

とだけ、仙桃院は言った。

謙信はようやく顔を上げた。その表情が穏やかであることに、仙桃院は気づかれぬように、そっと安堵の息を吐く。

「私があの方に会った時、寺へ連れて行かれました。その寺では、あの方の庇護の下、孤児たちが養われていた。子供たちは皆、笑顔でした。そんなあの方を、私は仁を知る人とお慕いする一方で、あの方の野心に満ちた噂を聞き、汚らわしいと思い続けてきた。二人が同じ人物だとはまったく知らずに……」

謙信の言葉を受け止めるように、仙桃院はそっとうなずいた。それから、

「御館さまに、もう一つだけお尋ねしたいことが出てまいりました。よろしいでしょうか」

と、続けて尋ねた。謙信はうなずき返す。

「この先も御館さまは戦いを続けられることでしょう。天下に平穏がもたらされるまで、その戦いがやむことはないと存じます。そして、わたくしを含め、誰もが御館さまの強さを疑ってはいない。されど、御館さまはまぎれもない女人。そのお強さは一体、どこから出てまいるのでございますか」

「私は幼い頃、天室禅師さまより『己の天命とは何か、考え続けよ』と言われました。

私は常にそのお言葉に従ってきたつもりでございます」

「それゆえ、生涯でただ一つの恋もあきらめたとおっしゃるのですか」

仙桃院の言葉に、謙信は答えなかった。やがて、仙桃院は大きな溜息を漏らした。

「御館さまはいつも人の役に立とうとしてこられた。それは人々の望みこそが天命だと、考えておられたからなのですね。兄上に乞われて長尾家の当主となり、関東管領の上杉憲政公に望まれて上杉家を継いだ。そして、今、将軍家の御ため天下を平定しようとなさっておられる」

仙桃院は目の前の妹を、痛ましげに見つめた。

「生涯、人の役に立つことだけを考えて生きてこられたあなたさまが、ただ一つお望みになったことさえ、わたくしたちは上杉家のため、そして越後国のために阻んでしまった……」

「姉上――」

もうよいのですと言うように、謙信は仙桃院の言葉を遮った。

「私はこれまで、己の天命が何か、その答えは得られていないと思っていたのですが……。今、姉上とお話ししているうちに、それが分かったような気がいたします」

そう告げる謙信の表情は、それまでになく明るい。

「それは一体、何なのでございますか」

「我が天命とは越後のみならず、関東のみならず、この世に平穏をもたらすことでございましょう」

謙信は穏やかな口調で、しかし、きっぱりと言い切った。

「それは、亡き武田信玄公のお望みでもあったはず。そのご遺志を継がれたのですか」

仙桃院の言葉に、謙信はその日はじめて、微笑を浮かべた。

「あの方は野心によって、私は天命によってそれを行う。私は野心ゆえの行動を忌み嫌っていましたが、それが世の人のためになるのであれば、私の考え方こそ間違っていたのでしょう」

謙信の笑顔に、蝋燭の火影が落ちかかり、かすかに揺れた。

仙桃院はもう何も言わず、謙信の顔を見つめ続けた。

謙信が突然、脳溢血で倒れたのは、その翌日のことである。それから数日の間、謙信は病牀に臥したが、意識が戻ることはなかった。

そして、関東への大遠征を控えた三月十三日、遠征の号令を下すことはなく、帰らぬ人となった。

五

翌天正七年四月、越後国春日山城下の林泉寺で、一人の尼が手を合わせていた。

「謙信殿……」

上杉家の当主である謙信が死んで、丸一年になる。

謙信の命日である三月十三日、仙桃院は墓参りが叶わなかった。

謙信の死後、その跡目をめぐって、相続争いが起こったが、その決着がついていなかったからである。争ったのは、仙桃院の息子である上杉景勝と、北条家から謙信の養子として上杉家へ入り、仙桃院の娘婿となった上杉景虎であった。

約一年にもわたり、越後国を二分して争った「御館《おたて》の乱」である。

息子と娘婿の争いという、身を切られるような合戦の中で、仙桃院は婿の景虎に従い、春日山城を出て城下の御館へ移った。

御館は、亡き謙信が当時関東管領だった上杉憲政のために建てた館である。

景虎はここに立てこもっていたが、戦況は景勝側が優勢だった。この乱の最中、景勝は武田勝頼と同盟を結び、亡き信玄の娘菊姫を正室に迎えている。

そして、御館の乱は御館の炎上、景虎の自害により幕を閉じた。

戦後、仙桃院は春日山城主となった息子景勝の母として、再び春日山城へ迎えられている。

すべてがようやく落ち着いてから、仙桃院は謙信の墓参りに林泉寺を訪れたのであった。


「謙信殿……」

あなたの息子となった景勝は、武田信玄殿の娘を妻に娶ったのですよ――仙桃院は一人、墓に手を合わせながら、胸の中で呟く。

「あなたはどう思われますか」

林泉寺の境内は静寂に包まれている。

仙桃院は再び、目を閉じて祈りを捧げた。

「越後もようやく落ち着きました。これからはもう景勝殿に任せ、安らかにお眠りくださいませ」

御館の乱の終結を、自ら味わった痛みと共に報告する。それから、仙桃院はそっと目を開けた。

「謙信殿、いいえ、お虎殿――」

仙桃院は謙信の墓にそっと手を触れた。

「あなたは女子の時、そう名乗っていたそうですね。うのからそう聞きました」

墓石を優しく撫ぜながら続ける。

「あなたはもう、天命に生きなくともよいのですよ」

これからは、ご自分の本心からの望みだけを見つめてくださいませ――声に出さずにそう続ける。

仙桃院はそれから初夏の空を見上げた。

澄みきった青空を、白い雲が東の方へ流れて行く。

信濃へ、そして、甲斐の方へ――。

その様子を、仙桃院は謙信の返事のように見つめ続けた。


（了）

主要参考文献

玄奘　水谷真成訳注『大唐西域記3』（平凡社東洋文庫657）
竹内照夫著『礼記中』（明治書院「新釈漢文大系28」）
花ケ前盛明編『上杉謙信大事典』（新人物往来社）　他

本作品は当文庫のための書き下ろしです。

編集協力　遊子堂

女人謙信《にょにんけんしん》

二〇一四年四月十五日　初版第一刷発行

著　者　篠綾子
発行者　瓜谷綱延
発行所　株式会社　文芸社
〒一六〇-〇〇二二
東京都新宿区新宿一-一〇-一
電話　〇三-五三六九-三〇六〇（編集）
〇三-五三六九-二二九九（販売）
印刷所　図書印刷株式会社
装幀者　三村淳

ISBN978-4-286-15283-7

文芸社文庫

［文芸社文庫　既刊本］

火の姫　茶々と信長
秋山香乃
兄・織田信長の命をうけ、浅井長政に嫁いだ於市は於茶々、於初、於江をもうけるが、やがて信長に滅ぼされる。於茶々たち親娘の命運は——？

火の姫　茶々と秀吉
秋山香乃
本能寺の変後、信長の家臣の羽柴秀吉が後継者となり、天下人となった。於市の死後、ひとり残された於茶々は、秀吉の側室に。後の淀殿であった。

火の姫　茶々と家康
秋山香乃
太閤死して、ひとり巨魁・徳川家康と対決する於茶々。母として女として政治家として、豊臣家を守り、火焔の大坂城で奮迅の戦いをつらぬく！

それからの三国志　上　烈風の巻
内田重久
稀代の軍師・孔明が五丈原で没したあと、三国志は新たなステージへ突入する。三国統一までのその後のヒーローたちを描いた感動の歴史大河！

それからの三国志　下　陽炎の巻
内田重久
孔明の遺志を継ぐ蜀の姜維と、魏を掌握する司馬一族の死闘の結末は？　覇権を握り三国を統一するのは誰なのか⁉　ファン必読の三国志完結編！

[文芸社文庫　既刊本]

トンデモ日本史の真相　史跡お宝編
原田　実
日本史上の奇説・珍説・異端とされる説を徹底検証！　文庫化にあたり、お江をめぐる奇説を含む2項目を追加。墨俣一夜城／ペトログラフ、他

トンデモ日本史の真相　人物伝承編
原田　実
日本史上でまことしやかに語られてきた奇説・珍説・伝承等を徹底検証！　文庫化にあたり、「福澤諭吉は侵略主義者だった？」を追加（解説・芦辺拓）。

戦国の世を生きた七人の女
由良弥生
「お家」のために犠牲となり、人質や政治上の駆け引きの道具にされた乱世の妻妾。悲しみに耐え、懸命に生き抜いた「江姫」らの姿を描く。

江戸暗殺史
森川哲郎
徳川家康の毒殺多用説から、坂本竜馬暗殺事件の謎まで、権力争いによる謀略、暗殺事件の数々。闇へと葬り去られた歴史の真相に迫る。

幕府検死官　玄庵　血闘
加野厚志
慈姑頭に仕込杖。無外流抜刀術の遣い手は、人を救う蘭医にして人斬り。南町奉行所付の「検死官」が、連続女殺しの下手人を追い、お江戸を走る！

［文芸社文庫　既刊本］

蒼龍の星㊤　若き清盛
篠　綾子

三代と名づけられた平忠盛の子、後の清盛の出生の秘密と親子三代にわたる愛憎劇。やがて「北天の王」となる清盛の波瀾の十代を描く本格歴史浪漫。

蒼龍の星㊥　清盛の野望
篠　綾子

権謀術数渦巻く貴族社会で、平清盛は権力者への道を。鳥羽院をついで即位した後白河は崇徳上皇と対立。清盛は後白河側につき武士の第一人者に。

蒼龍の星㊦　覇王清盛
篠　綾子

平氏新王朝樹立を夢見た清盛だったが後白河との仲が決裂、東国では源頼朝が挙兵する。まったく新しい清盛像を描いた「蒼龍の星」三部作、完結。

全力で、1ミリ進もう。
中谷彰宏

「勇気がわいてくる70のコトバ」――過去から積み上げた「今」を生きるより、未来から逆算した「今」を生きよう。みるみる活力がでる中谷式発想術。

贅沢なキスをしよう。
中谷彰宏

「快感で生まれ変われる」具体例。節約型のエッチではなく、幸福な人と、エッチしよう。心を開くだけで、感じるような、ヒントが満載の必携書。